Autor _ Edward Sellon
Título _ O novo Epicuro:
As delícias do sexo

Copyright _ Hedra 2010

Tradução® _ Beatriz Sidou

Título original _ *The New Epicurean: The delights of sex, Facetiously and Philosophically Considered, in Graphic Letters Addressed to Young Ladies of Quality*

Corpo editorial _ Adriano Scatolin, Alexandre B. de Souza, Bruno Costa, Caio Gagliardi, Fábio Mantegari, Felipe C. Pedro, Iuri Pereira, Jorge Sallum, Oliver Tolle, Ricardo Musse, Ricardo Valle

Dados _

Dados Internacionais de Catalogação na Publicação (CIP)

S468   Sellon, Edward (1818–1866).

O novo epicuro: as delícias do sexo. / Edward Sellon. Tradução de Beatriz Sidou. Introdução de Bráulio Tavares. – São Paulo: Hedra, 2010. (Série Erótica) 128 p.

ISBN 978-85-7715-195-0

1. Literatura Inglesa. 2. Literatura Erótica. 3. Romance Erótico. 4. Erotismo. I. Título. II. Série. III. As delícias do sexo. IV. Sidou, Beatriz, Tradutora. V. Tavares, Bráulio.

CDU 820
CDD 823

Elaborado por Wanda Lucia Schmidt CRB-8-1922

Direitos reservados em língua portuguesa somente para o Brasil

EDITORA HEDRA LTDA.

Endereço _

R. Fradique Coutinho, 1139 (subsolo) 05416-011 São Paulo SP Brasil

Telefone/Fax _ +55 11 3097 8304

E-mail _ editora@hedra.com.br

Site _ www.hedra.com.br

Foi feito o depósito legal.

Autor _ EDWARD SELLON

Título _ O NOVO EPICURO:
AS DELÍCIAS DO SEXO

Tradução _ BEATRIZ SIDOU

Introdução _ BRAULIO TAVARES

Série _ ERÓTICA

São Paulo _ 2011

Edward Sellon (Londres, 1818—*id.*, 1866) foi capitão do exército britânico, tradutor, escritor e ilustrador de livros eróticos, além de ter composto alguns trabalhos de cunho etnosexológico sobre a Índia. Órfão de pai ainda criança, foi criado pela mãe, recebendo uma educação sólida, tendo estudado línguas e os clássicos da literatura. Aos dezesseis anos é alistado na condição de cadete e enviado para a Índia colonial, onde, ao fim de dez anos, é promovido à capitão. Sua experiência na Índia seria decisiva não apenas para os seus trabalhos de etnosexologia mas também como material para sua ficção erótica e sua célebre autobiografia inacabada. Em 1844, retorna à Inglaterra para celebrar um casamento arranjado por sua mãe, união marcada por conflito e reconciliações. Sellon foi um homem fascinado pelo sexo, e que soube transportar para os livros sua experiência, suas lembranças e suas fantasias. Seu interesse pela literatura erótica o levou a traduzir parcialmente o *Decameron*, de Boccaccio e epigramas de Marcial. Suicidou-se em 1866, com um tiro na cabeça, aos 48 anos de idade, no Webb's Hotel, em Londres.

O novo Epicuro: as delícias do sexo (1865) teve a maior parte da sua primeira edição, de 500 exemplares, confiscada e destruída pela Society for the Suppression of Vice (Sociedade para a Supressão do Vício), que no verão de 1868 invadiu a gráfica do editor William Dugdale (1800–1868), em Holywell Street, nessa época o epicentro das editoras pornográficas da Londres vitoriana. O livro foi escrito como um pastiche da literatura erótica do século XVIII, ostentando a falsa data de edição de "1740". É basicamente um romance epistolar, em que um nobre, Sir Charles, dirige cartas a várias de suas amantes, pondo-as a par de suas mais recentes aventuras eróticas, em geral dedicadas à iniciação sexual de jovenzinhas. Sellon deu continuidade às aventuras de Sir Charles com *Phoebe Kissagen; or the Remarkable Adventures, Schemes, Wiles, and Devilries of Une Maquerelle, being a sequel to the "New Epicurean"*, publicado em 1866 com a falsa data de "1743".

Beatriz Sidou traduz do inglês, francês e espanhol para o português, com mais de 100 traduções publicadas desde 1986 para as principais editoras do país, dentre elas: *Sobre a democracia*, de Robert Dahl (UnB); *O carteiro e o poeta*, de Antonio Skármeta (Record) e *O contrato natural*, de Michel Serres (Nova Fronteira).

Braulio Tavares é escritor, tradutor e compositor. Ganhou em Portugal o Prêmio Caminho de Ficção Científica com *A espinha dorsal da memória* (1989) e em 2010 o Prêmio Jabuti de Literatura Infantil com *A invenção do mundo pelo Deus-Curumim* (Editora 34, 2008). Para a Editora Hedra, organizou a antologia *Raimundo Santa Helena* (Biblioteca de Cordel, 2003). Sua publicação mais recente é a antologia *Contos obscuros de Edgar Allan Poe* (Casa da Palavra, 2010).

Série Erótica dedica-se à consolidação de um catálogo de literatura erótica e pornográfica em língua portuguesa, ainda pouco editada e conhecida pelo público brasileiro. Reúne memórias, relatos, poesia e prosa em seus mais variados gêneros e vertentes, constituindo um vasto panorama da literatura erótica mundial.

SUMÁRIO

Introdução, por Braulio Tavares 9

O NOVO EPICURO: AS DELÍCIAS DO SEXO   **19**

A Lésbia 27

A Laís 34

A Safo 41

A Júlia 54

A Euphrosyne 62

A Laís 78

A Thalia 82

A Helen 92

A Lívia 97

A Thalia 111

Conclusão — A Thalia 121

INTRODUÇÃO

A LITERATURA PORNOGRÁFICA bem que poderia ser considerada como um subgênero da literatura utópica. A maior parte das utopias literárias são utopias sociais, em que o autor tenta conceber a melhor sociedade possível dentro de um quadro de premissas, que naturalmente mudam de uma época para outra e de um país para outro. Existe nessas utopias sociais o sonho de uma série de valores públicos e coletivos: liberdade, igualdade, fraternidade, ordem, progresso etc. É o bem coletivo que nelas se tenta esboçar, e a mão que as traça é a mão clássica, apolínea, de um arquiteto (ou engenheiro) de mundos futuros.

A pornografia, pelo contrário, é uma utopia pessoal, que ignora o mundo e transcorre geralmente entre quatro paredes. É uma utopia do privado, uma fantasia dionisíaca de um homem só para um homem só, mesmo quando sua narrativa põe em cena (como em *Os 120 dias de Sodoma*, do Marquês de Sade) grande número de personagens. O mundo que se desenha nos romances pornográficos é o mundo mental do seu autor, não é (pelo menos diretamente) o mundo da sociedade em que surge. Praticamente todo romance erótico é escrito sob o impulso de *eu queria que fosse assim, queria que acontecessem essas coisas, queria que as pessoas fizessem exatamente desse jeito*. É uma literatura de *wish fulfillment*, em que, muitas vezes, a fantasia do leitor e a do presumível público estão afinadas no mesmo tom.

Nenhum romance pornográfico exprime por inteiro o contexto social em que surgiu; mas uma análise conjunta de algumas dezenas desses romances pode nos dar um contrarretrato dessa época. Quanto mais reprimido e moralista um contexto, maior a intensidade de resposta pornográfica que surge nos seus desvãos. Literatura oficial e literatura pornográfica tornam-se uma espécie de jogo de soma zero onde tudo que é subtraído de um lado é imediatamente absorvido pelo outro. É bem conhecida a reação dos espectadores de filme pornô exibidos em salas coletivas, quando a ação do filme concentra-se durante vários minutos em diálogos ou em ações irrelevantes. Logo começam os assobios, as palmas de protesto, as reclamações. Por que reclamam? Porque sentem que o filme está perdendo tempo, mostrando cenas que já são mostradas em qualquer filme. Não foi para ver aquilo que eles vieram ao cinema! Para ver gente conversando, bastava ficar em casa e ligar a tv em qualquer canal. O espectador de filme pornográfico paga ingresso para assistir uma hora e meia de *coito ininterrupto*.

Podemos considerar, em grande parte, o romance pornográfico que proliferou nos séculos XVIII e XIX como um gênero híbrido entre o romance convencional e a pornografia explícita, especializadíssima e industrializada do século XX. Muitos dos romances europeus dos anos 1700 demoravam-se em longas descrições de castelos, de herdades, de salões de recepção, da decoração das alcovas; reproduziam com minúcias os

BRAULIO TAVARES

figurinos e adereços dos protagonistas; e só a partir de certo ponto permitiam que se rompesse esse véu de normalidade e surgissem páginas e mais páginas de interminável cópula. Era preciso, primeiro, criar essa espécie de realismo de pintura a óleo, para dar ao leitor uma experiência comparável à da literatura *mainstream* da época, situá-lo convenientemente num universo plausível, e a partir daí iniciar a desconstrução pornô. Após o discurso obrigatório, o discurso proibido — num jogo de soma zero.

O novo Epicuro (o título completo do original é *The New Epicurean: The Delights of Sex, Facetiously and Philosophically Considered, in Graphic Letters Addressed to Young Ladies of Quality*) foi publicado em 1865 por Edward Sellon. Tendo prestado serviço militar na Índia quando jovem, Sellon ambientou ali seu primeiro romance, *Herbert Breakspear, a Legend of the Mahratta War* (1848), além de publicar uma tradução do *Gita-Radhica-Krishna, a Sanskrit Poem* (c. 1850) e *The Monolithic Temples of India* (c. 1865).

Era um homem culto, e pertencia a uma dessas famílias ricas que empobrecem de súbito, o que lhe proporcionou variadas experiências de vida, pois ganhou e perdeu algumas fortunas. Mais instável do que sua vida financeira foi sua vida amorosa, pois parece ter sido um sátiro infatigável. Interessou-se por práticas hindus como o Tantra, e publicou um ensaio sob o profuso título de *Annotations on the Sacred Writings of the Hindus, being an epitome of some of the most remarkable and leading tenets in the faith of that people, by Edward Sellon, author of the 'Monolithic Temples of India' etc. etc.,*

INTRODUÇÃO

and editor of an English translation of the 'Gita-Radhica-
-Krishna', a Sanscrit poem (Londres, *c.* 1865).

Este texto pertence ao último período de sua vida, em que, ao que parece devido a uma premente necessidade financeira, produziu para o editor William Dugdale uma série de textos de cunho erótico, entre eles uma tradução parcial do *Decameron* de Boccaccio. Em 1865 surgiu *The New Epicurean* e logo a seguir *Phoebe Kissagen; or the Remarkable Adventures, Schemes, Wiles, and Devilries of Une Maquerelle, being a sequel to the "New Epicurean"*, que, assim como o anterior, consiste quase totalmente de cartas em que os personagens contam em detalhe suas experiências amorosas.

Um dos seus relatos mais conhecidos intitula-se *The Ups and Downs of Life* (1867), publicado postumamente. É uma autobiografia erótica que na edição belga de 1892 recebeu o simpático título de *The Amorous Prowess of a Jolly Good Fellow or His Adventures with Lovely Girls as Related by Himself*. Outras publicações póstumas incluíram trabalhos menores: contos, poemas e traduções.

Além de ser autor, Sellon ilustrou com aquarelas livros seus e alheios. Sua vida amorosa gravitou em torno de sua esposa Augusta, com quem casou em 1844, após passar dez anos na Índia. Depois do casamento, Sellon descobriu que ela não era tão rica quanto ele imaginava, e separou-se. Passou o resto da vida entre separações e reconciliações. Ivan Bloch (*Sexual Life in England*, 1938) conta que quando a esposa descobriu o caso que o marido mantinha com uma empregada, Emma, os dois foram às vias de fato, numa briga violenta ao fim da qual Sellon prevaleceu, pois ele narra:

Sellon conseguiu, mas somente depois de várias horas, dominar a recalcitrante criatura, depois de perder bastante sangue devido às mordidas que sofreu; chegou a desfalecer no fim da refrega e à noite teve que receber curativos de um médico. Sua esposa, entretanto, foi tão bem curada do seu ciúme que mansamente, e até com um sorriso nos lábios, deixou que Emma, a amante de Sellon, sentasse na cama em que ele repousava, se juntasse ao casal na hora da ceia e, depois, ocupasse o lugar dela própria no leito nupcial! O que não impediu, contudo, que a esposa, Augusta, também requeresse para si os direitos conjugais nessa mesma noite.

A rotina de traições, brigas e reconciliações acompanhou a vida de Sellon até o dia em que ele se suicidou num hotel de Londres, aos 48 anos. Ainda segundo Ivan Bloch, Sellon produzia em seus contemporâneos a impressão de "um homem que parecia destinado a coisas maiores". É possível que a libertinagem tenha consumido não apenas suas melhores energias, mas também as fortunas que herdou ou amealhou ao longo da vida. Seu vasto conhecimento sobre a Índia produziu alguns livros e várias conferências registradas nos anais da London Anthropological Society; sua literatura erótica parece ter surgido por necessidade financeira.

O novo Epicuro certamente tem algum material de inspiração autobiográfica, talvez fantasiando episódios do período em que Sellon e Augusta viveram numa casa de campo em Hampshire, "onde praticavam juntos orgias eróticas, as quais fizeram Sellon permanecer fiel a ela durante três anos". Um dos traços curiosos do romance são as reiteradas relações com menininhas púberes e pré-púberes, revelando um lado pedófilo que

INTRODUÇÃO

não era apenas de Sellon, mas de grande parte dos autores do gênero. Numa época em que as mulheres casavam por convenção familiar mal entravam na adolescência, em geral com homens bem mais velhos, e envelheciam prematuramente, o erotismo das ninfetas era quase um lugar comum. Observe-se também que essa pedofilia nunca, ou só raramente, se confunde com o estupro ou a violação. O sexo entre homens maduros e as "lolitas" em geral é descrito não apenas como consensual, mas (no caso de Sellon isto é bem visível) como uma atividade a que as meninas se entregam com entusiasmo e alacridade. Talvez mais um aspecto do impulso utópico desse tipo de literatura: a vontade de descrever os atos como o autor gostaria que eles de fato ocorressem.

Podemos considerar Sellon um típico autor de romances eróticos da segunda metade do século XIX. Ele está a meio caminho entre o literato propriamente dito e o diletante, que não vive da atividade literária. Um autor diletante característico é, por exemplo, "Walter", o autor anônimo do gigantesco romance autobiográfico *My Secret Life*, um dos clássicos da erótica britânica. "Walter", a julgar pelas evidências internas fornecidas em seu texto, teria nascido entre 1820 e 1825, era filho de uma família de posses; a certa altura da vida a família viu-se em apertos financeiros. O pai morreu quando ele tinha 16 anos, mas aos 21 ele recebeu de herança uma fortuna que gastou rapidamente, com mulheres e provavelmente com o jogo, vendo-se novamente na penúria aos 25, dependendo de uma mesada fornecida pela mãe. Um pouco antes disso começou a manter um diário e anotações esparsas de sua vida sexual, material que veio a se transformar nos onze volumes da edição original, cuja publicação se encerrou em 1894.

"Walter" e Sellon pertenceram, claramente, ao mesmo mundo, e tanto as semelhanças quanto as diferenças entre os dois sugerem que mundo era esse. "Walter" não tinha ambições literárias e parecia escrever apenas para si mesmo. O prefácio de Gershon Legman para a primeira edição pública de *My Secret Life*, de 1966, observa que suas anotações só ganharam forma de livro durante dois períodos de doença e convalescença em que ele precisava se ocupar com alguma coisa, e que a ideia de imprimir uma tiragem de poucos exemplares só se lhe apresentou por volta da década de 1860.

Sellon, embora tenha passado pelos mesmos altos e baixos financeiros que "Walter" conheceu, não apenas assinava os próprios livros como ambicionava com eles salvar-se da bancarrota. "Walter" deu-se ao luxo de custear do próprio bolso a edição de não mais que seis exemplares de sua obra gigantesca (onze volumes, totalizando 4.200 páginas), pela qual pagou a soma respeitável de 1.100 guinéus. Um dos aspectos mais observados pelos críticos, além disso, é o seu "estilo desajeitado", suas "limitações" e "mau acabamento" – aspectos nos quais, para os críticos de viés menos estético e mais sociológico, repousa grande parte da veracidade do livro e de sua importância como documento de época.

Apesar dessas diferenças, a comparação entre Edward Sellon e o anônimo autor de *My Secret Life* não é descabida, pois no prefácio de Legman a esse livro ele sugere, examina e descarta a possibilidade de que fosse Sellon esse "Walter" cuja identidade nunca foi estabe-

INTRODUÇÃO

lecida ao certo. Aponta algumas semelhanças entre os dois, mas cancela esta suposição por uma razão muito simples: o fato indubitável da morte de Sellon em 1866, quando se sabe que foi em 1888 que o autor de *My Secret Life* fez seu primeiro contato com o editor holandês que veio a publicar os onze volumes de suas memórias. O que não nos impede de conjeturar agora a hipótese um tanto fantasiosa, mas não impossível, de que o suicídio de Sellon tivesse sido forjado, com a ajuda de alguns amigos, para zerar as vultosas dívidas que tinha. E que depois disso ele tivesse se estabelecido com outro nome e em outras condições, dando prosseguimento à redação de suas memórias.

Em todo caso, Legman opta por atribuir a autoria de *My Secret Life* ao editor e colecionador de obras eróticas Henry Spencer Ashbee, que usava o pseudônimo de Pisanus Fraxi, com uma bem concatenada argumentação que não vem ao caso agora. Temos que voltar a Sellon e seu *Novo Epicuro*, em que ele, compondo um pastiche dos romances libidinosos do século XVIII, fantasia não apenas suas experiências eróticas quanto suas experiências literárias, pois é de se imaginar que um indivíduo com a sua índole tenha absorvido uma boa quantidade dessa literatura quando jovem.

A utopia erótica de Sellon segue os passos de tantos outros. Transcorre num lugar isolado, protegido por árvores, cercado de altos muros. O erotismo, principalmente o erotismo transgressor, precisa ser não apenas escondido como comprimido, para (como o ar comprimido) poder expandir-se com força e resultado. O narrador prepara alamedas, gramados, fontes, com o mesmo cuidado de quem forra a cama com lençóis perfumados à espera da vítima. Suas longas descrições de ambiente, figurino, adereços, etc. não visam apenas à criação daquele "realismo de pintura a óleo" referido acima, mas à preocupação compulsiva de saber que está tudo sob controle, de que a imagem a ser projetada está perfeita e intacta, e que enfim a ação pode começar. O autor diz:

Os jardineiros que faziam a manutenção da ordem nesse vale feliz só eram admitidos nas segundas e terças-feiras, dias que eu devotava inteiramente ao estudo. Os quatro dias restantes eram consagrados a Vênus e ao amor.

Vê-se que um dia, certamente o domingo, fica subentendido, numa concessão que não sabemos se feita pelo personagem ou pelo autor. Mas o detalhe significativo são os dois dias consagrados às atividades intelectuais, porque o novo Epicuro também precisa se deleitar com os prazeres da mente. Essa divisão de tarefas entre o estudo e a libidinagem lembra o registro sarcástico de Roland Barthes, em suas *Mitologias*, sobre o modo como o intelectual angustia-se em não deixar de sê-lo, mesmo nas circunstâncias mais prosaicas:

Gide lia Bossuet descendo o Congo. Esta postura resume bem o ideal dos nossos escritores "em férias" fotografados pelo *Figaro*: juntar ao lazer normal o prestígio de uma vocação que nada pode suster ou degradar. [...] Pois só pode ser imputada a uma natureza sobre-humana a existência de seres suficientemente amplos para usarem pijamas azuis no próprio instante em que se manifestam como consciência universal, ou ainda para professarem o amor ao "queijo de Sa-

INTRODUÇÃO

boia" como essa mesma voz com que anunciam a sua próxima Fenomenologia do Ego.

Dividir seu tempo entre a leitura dos clássicos e o desfrute das mocinhas púberes talvez não seja uma prática habitual dos grandes libertinos, mas certamente é um impulso instintivo dos grandes escritores de libertinagem. Por mais que eles se gabem de sua atividade física incessante, alguém há sempre de perguntar em que momento foram colocados no papel aqueles relatos tão detalhados, cuja redação parece ter exigido o mesmo tempo, se não mais, que a prática dos atos descritos. A verdade é que os escritores libertinos satisfazem em medidas iguais uma libertinagem do corpo e outra da mente — que são irredutíveis, e não se substituem uma à outra.

O NOVO EPICURO:
AS DELÍCIAS DO SEXO

O novo Epicuro:
as delícias do sexo, bem humorada e filosoficamente
ponderadas, descritas em vívido detalhe em cartas
dirigidas a jovens senhoras de fino trato

Caro leitor,

Antes de transcrever a correspondência com minhas belas amigas, é necessário descrever o cenário dos amores a que essas cartas aludem, e também dizer algumas palavrinhas a respeito do protagonista, eu mesmo.

Sou um homem que, tendo atravessado o Rubicão da juventude, chegou àquela idade em que as paixões exigem uma dieta mais estimulante do que a encontrada nos braços de uma cortesã pintada.

Para levar adiante meu plano filosófico de prazer sem tumulto e refinado gozo voluptuoso com segurança, comprei uma mansão distante abrigada no meio de árvores imponentes, situada em extenso terreno circundado por um muro alto. Modifiquei essa casa segundo meu gosto; fiz um projeto de modo a que todas as janelas dessem para a rua e as portas envidraçadas de um quarto encantador se abrissem para um gramado. Eu podia ingressar pelos fundos do terreno nesse quarto, que estava muito bem isolado do resto da casa. Para tornar esse terreno mais privativo, muros altos se estendiam como asas de cada lado da construção e se juntavam ao muro exterior. Assim, assegurei uma área de mais ou menos dois hectares que não podia ser vista de nenhum ponto e onde tudo o que ocorria seria um segredo que os empregados da casa desconheciam.

Projetei o terreno no autêntico estilo inglês, com alamedas sombreadas, alcovas, grutas, fontes e todos os acessórios que pudessem contribuir para sua beleza rústica. No espaço aberto, diante do mencionado apartamento secreto, espraiava-se um belo gramado, cercado por canteiros das mais belas flores e no centro, de um buquê de rosas rubras, saía uma estátua de Vênus. Em mármore branco, na ponta de cada vale sombreado estava a soberba imagem do deus dos jardins em suas várias formas: barbado, como a antiga cabeça do Baco indiano; delicado e feminino, como vemos o encantador Antínoo; ou hermafrodita, na forma de uma garota encantadora com atributos pueris. Nas fontes nadavam peixes dourados e prateados, espatos e cristais raros rebrilhavam entre as conchas de madrepérola no fundo das bacias.

Os jardineiros que faziam a manutenção da ordem nesse vale feliz só eram admitidos nas segundas e terças-feiras, dias que eu devotava inteiramente ao estudo. Os quatro dias restantes eram consagrados a Vênus e ao amor.

Esse jardim tinha três portas maciças em seus muros, cada uma com sua pequena fechadura, e todas abriam com uma chave de ouro que jamais saía do alcance de minha vigilância.

Esses eram os arranjos externos da minha Caproe.[1] Agora, umas palavrinhas sobre a economia interna dessa minha *salle d'amour* particular, e estamos prontos.

O apartamento, que era grande e imponente, tinha todo o seu mobiliário em perfeito estilo Luís xv, o que é o mesmo que dizer: na última moda francesa. As pa-

---

[1] Alusão às suntuosas casas de veraneio da ilha de Capri (*Capreae*), célebres desde a época do Império Romano. [N. da E.]

redes tinham painéis pintados num cinza francês muito claro, branco e ouro; requintados quadros de Watteau as deixavam menos formais. Gabinetes de madeira incrustada e marchetaria revestiam os dois lados, cheios de obras eróticas dos melhores autores, ilustradas com refinadas gravuras excitantes, em molduras encantadoras. Os divãs e as poltronas eram de ouropel, revestidos com cetim cinzento e forrados com plumas. As pernas das mesas também eram douradas, seus tampos eram lâminas de mármore que, quando não estavam em uso para uma das deliciosas colações (que eram servidas de tempo em tempo através de um alçapão), eram cobertas por belas tapeçarias. As cortinas das janelas eram de seda cinza e as venezianas, pintadas de um cor-de-rosa pálido, lançavam um voluptuoso matiz pelo quarto.

A lareira era de mármore, grande, imponente e estava coberta de esculturas em relevo representando lindas crianças dos dois sexos nuas, em todas as atitudes lascivas, entrelaçadas a ramos de uva e flores, esculpidas pelas mãos de um mestre. Os lados e o centro dessa elegante lareira eram incrustados com azulejos de porcelana de rara beleza, representando o triunfo de Vênus; cães de prata apoiavam os feixes de lenha, segundo a moda em meados do século passado.

Para completar esse panorama, o meu paletó bordado de veludo vermelho escuro, meu chapéu emplumado e minha espada com punho de diamante estavam descuidadamente pendurados nas costas de uma cadeira. Os gabinetes e os aparadores estavam repletos de porcelanas e caixas de rapé caríssimas. Esses eram alguns dos aspectos mais impressionantes dessa deliciosa câmara. O restante da casa estava mobiliado como qualquer outro domicílio respeitável de nossos tempos.

Minha equipe doméstica consistia em uma velha empregada discreta, que era muito bem paga e supervisionada sem grandes cuidados nas questões pequenas de direitos e peculatos, uma cozinheira robusta e exuberante e uma camareira muito bem arrumadinha, que eram sempre mantidas de bom humor com um meio guinéu de vez em quando, uma folga e um tapinha debaixo do queixo. Além dessas liberdades inocentes, elas não eram molestadas. Os jardineiros viviam fora da casa e, sendo bem pagos pelo trabalho de dois dias como se trabalhassem a semana inteira, o resultado é que conheciam seus próprios interesses bem o suficiente para manifestarem qualquer curiosidade indevida ou indiscreta com relação ao que acontecia no terreno quando seus serviços não eram requisitados.

Com esse esboço das instalações, entro logo nas cartas, expressando apenas uma esperança de que você, mui cortês leitor, deixará este livro de lado se ele se mostrar forte demais para a sua sensibilidade, em vez de se perturbar com este

Teu humilde criado,
o autor

A LÉSBIA

Tu me pedes, mui encantadora Lésbia, para aliviar o *ennui* que o teu exageradamente venerável e exageradamente vigilante senhor te faz sofrer, com suas atenções intrometidas, por um recital de algumas daquelas cenas invisíveis para os não iniciados. Tendo sido sempre o teu escravo, apresso-me a obedecer.

Deves saber, *chère petite*, que tenho sob meu soldo certas senhoras convenientes, a quem chamo de indicadoras, pois são elas que armam o jogo.

Na última quinta-feira, estava eu estendido num sofá absorto na mais deliciosa das obras de Diderot, *A religiosa*, quando soou a campainha de prata que se comunica com o portão sul e me tirou da letargia em que estava. Pulei do sofá e saí por aquela avenida de castanheiras, que tu e eu, Lésbia, tão bem conhecemos, e fui direto ao portão. Ali a carruagem muito conhecida caiu sob meus olhos e bastou uma espiadela para saber que o cocheiro era nada menos do que a própria Madame R... e posso te garantir que ela dava um cavalariço diabolicamente lindo!

Um levantar quase imperceptível de sobrancelhas e um gesto com o cabo de seu chicote em direção ao interior da carruagem contaram-me tudo o que eu queria saber. Assim, depois de olhar acima e abaixo da estrada para ver se não estávamos sendo observados, sussurrei "dez em ponto" e abri a porta.

— Venham, minhas queridinhas! — eu disse para duas deliciosas criaturas jovens que, coquetemente vestidas com os chapeuzinhos mais encantadores desse mundo e anáguas mal cobrindo suas ligas cor-de-rosa, de bom grado saltaram em meus braços.

No minuto seguinte estávamos os três de pé no jardim, a porta foi trancada e o coche havia ido embora. A mais velha das minhas meninas era uma lourinha viçosa, com um cabelo castanho claro que brilhava como ouro, olhos ternos do azul mais encantador e bochechas com o mais delicado rubor da rosa. Um narizinho atrevido levemente arrebitado, lábios carmim e dentes como pérolas completavam um rosto encantador. Ela disse que tinha apenas treze anos de idade. Sua companheira, uma efervescente moreninha de olhos escuros, cabelos negros e uma tez que rivalizava com o rosa-damasco, estaria em seus doze anos. Eram crianças encantadoras, e quando te digo que suas pernas eram moldadas na mais perfeita simetria e que tinham muito bons modos, eram elegantes e alegres, creio que concordarás comigo: Madame R prestou muito bons serviços.

— Agora, meus amorezinhos, o que faremos primeiro... vocês estão com fome, querem comer? — perguntei, dando um beijo em cada uma.

Essa proposta pareceu despertar grande satisfação e assim, pegando cada uma pela mão, levei-as para a minha sala. Doces, morangos com creme, abricós e champanhe desapareceram com incrível rapidez. Enquanto elas comiam, eu explorava: dava um tapinha no

EDWARD SELLON

firme traseiro com covinhas da bela morena, enfiava um dedo na fenda rechonchuda sem pelos da adorável lourinha. Esta se chamava Blanche e a outra, Cerise. Eu estava numa excitação arrebatada e, virando-me primeiro para uma e depois para a outra, as cobria de beijos. A colação enfim terminou, fomos todos para o jardim e, depois de dar uma volta mostrando tudo o que havia de interessante, sem esquecer a estátua do impudente deus Príapo, a cuja aparência grotesca, com o enorme pau projetado para fora, elas riram entusiasmadas, propus brincar de balanço. Naturalmente, ao sentá-las, tomei o cuidado de deixar seus lindos traseirinhos para fora do assento de veludo e, como suas roupas eram curtas, de cada vez que elas balançavam alto no ar, eu tinha plena visão daqueles globos branquinhos e das tentadoras fendas cor-de-rosa entre eles. E então... oh! Aqueles pezinhos queridos, os sapatos sensuais, as deliciosas pernas sedutoras... Nada melhor! A visão era torturante demais. Estávamos todos quentes... eu, com o exercício de balançá-las, elas com o vinho, de modo que as duas prontamente aceitaram minha proposta de irmos para um canto isolado, onde havia um laguinho revestido de mármore, com não mais de um metro de profundidade. Logo estávamos nus, brincando na água. Só então pude examinar todo o seu encanto. Os peitinhos firmes em botão começando a crescer, os ombros de marfim polido, a impecável curvatura nas costas, a pequena cintura, as voluptuosas ancas arredondadas, os traseiros com covinhas, corados e frescos, as coxas rechonchudas e as barrigas brancas e macias. Num instante, meu pau ficou duro e firme como o cacete de um guarda. Coloquei-o nas mãos delas, acariciei e beijei suas bocetinhas cheirosas, passei a língua nelas e aí, a atrevida Cerise, pegando a minha férula com ponta de rubi em sua boquinha rosada começou a rolar a língua em torno dela de tal maneira que quase desmaiei de felicidade. Naquele momento, a nossa posição era esta: eu estava deitado de costas na grama, Blanche estava sentada em cima de mim, com uma perna de cada lado, a minha língua colada em sua roseta. Cerise também se ajoelhou em cima de mim, com suas nádegas bem projetadas para mim e um de meus dedos inserido em seu botão de rosa. As mãos da moreninha deliciosa também não estavam ociosas: com a direita, ela brincava com as minhas bolas e com o indicador da mão esquerda ela estimulava deliciosamente as regiões logo abaixo. Mas a natureza humana não poderia aguentar tanto tempo, e assim, mudando a nossa posição, coloquei Blanche sobre as mãos e joelhos enquanto Cerise inseria a minha flecha, coberta com a saliva de sua boca, na linda Blanche. Era bem apertadinha, mas não era virgem, de modo que depois de uma ou duas enfiadas penetrei até o fundo. Tudo isso enquanto Cerise me titilava e esfregava seu belo corpo no meu. Logo Blanche começou a gozar e a gemer:

— *Ooh! Ooh!* Caro senhor, agora! Goza em mim! *Aaah!* Vou desmaiar! Eu morro! — e quando o morno fluido esguichou, ela caiu de bruços no chão.

Quando Blanche se recobrou um pouquinho, mergulhamos novamente no lago para lavar aquele orvalho do amor que nos encharcava.

E assim, brincando uns com os outros na água, passaram-se as horas da tarde, até que, finalmente exaustos, saímos do lago e nos vestimos. O sol há muito desaparecera atrás das árvores e as sombras da noite começavam a se aproximar. Propus então irmos para a minha casa, onde por algum tempo distraí as minhas amiguinhas com gravuras e livros cheios de obscenidades. Mas não penses que as minhas mãos ficaram ociosas... cada uma estava debaixo das roupas de cada uma delas.

Cerise havia enfiado sua mão nas minhas calças e estava manipulando com enorme industriosidade, o que me divertia muito. Logo descobri o porquê, pois ela agora me dizia, fazendo beicinho:

— Gostas mais da Blanche do que de mim!

— Eu adoro vocês duas, meus anjos! — respondi às gargalhadas pelo ciúme da gatinha.

— Ah! Muito bem, pode rir! — gritou Cerise. — Só não entendo por que não estou sendo tão bem fodida quanto ela!

— Ah! Então é isso...! — exclamei.

E, arrastando aquela doçurinha para o sofá, tirei as suas roupas num instante.

— Depressa, depressa, Blanche! — gritou Cerise. — Venha logo, chupa esse cavalheiro e faz a vara dele ficar bem dura antes de começar... Sabes como sou apertada no início!

A pequena Blanche largou o livro que estava olhando e, correndo para mim, se pôs de joelhos. Depois, agarrando minhas coxas nuas com seus braços de leite, apoderou-se da cabeça vermelha do meu tirso, enfiando-o em sua boca até o fundo e tirando devagarzinho, da maneira mais lasciva que se possa imaginar. Mais uns poucos minutos eu teria certamente gozado em sua língua se, receosa de ser iludida, Cerise não a fizesse sair. Depois, guiando meu caralho excitado para a abertura de sua bocetinha rosada, começou a se mexer, remexer e retorcer até ele entrar bem fundo. E, juntando as pernas em volta da minha cintura e enfiando a língua em minha boca, entregou-se aos prazeres desenfreados da sensação. Eu me surpreendi com a precocidade de tão jovem criatura, mas Madame R, que a criara, me disse que fizera todos os esforços para excitar essas paixões na menina desde seus sete anos de idade... primeiro com meninos e mais tarde com adultos. Eu tinha achado Blanche deliciosa, mas na foda de Cerise havia uma exaltação que levaria qualquer um à loucura.

Tão grande foi o deleite que senti com essa amorosa garota, que segurei tanto quanto me foi possível, mas ela se mexia com tal energia que logo trouxe uma chuva daquele orvalho e tudo acabou. Fiquei muito satisfeito de enconder a cabecinha diminuída do meu pobre pau nas minhas calças de seda branca. Sendo quase dez horas, toquei o sino para o chocolate, que em pouco tempo apareceu no alçapão servido em belas xícaras de porcelana, com bolos e bombons de licor, a que as garotas fizeram ampla justiça. Quando a campainha anunciou Madame R no portão, fomos até lá de mãos dadas — depois que deixei uma brilhante moeda de um guinéu nos bolsos de cada uma.

Chegados ao portão, entreguei à senhoria um ca-

EDWARD SELLON

derno contendo vinte libras, com o que ela pareceu bem | **33**
contente, e disse:

— *Adieu*, minhas queridas crianças... Espero que em breve venham me fazer outra visita!

— Até breve! — disseram as meninas em uníssono, e o coche foi embora.

Desta vez, bastante cansado, tranquei o portão, dei a volta, bati na porta da frente da casa e entrei, como se houvesse acabado de chegar em casa, e logo me retirei para a cama, para sonhar novamente com os prazeres daquela tarde deliciosa.

34 | A LAÍS

Receio, Laís, minha bela, estar em desgraça contigo
por não escrever antes e, para me desculpar dessa aparente distração, vou te contar uma aventura acontecida
por aqui nesses últimos dias que te divertirá muito. Talvez lembres a linda Mrs H, mulher de um velho qui-
tandeiro pudico, que uma vez encontraste aqui. Bom,
ela veio me ver outro dia, depois que fiz justiça a seus
encantos (realmente não são de desprezar) e, sentada
no meu joelho tomando um golinho de um velho co-
nhaque — que essa fina senhora aprecia imensamente
— contou-me a causa de sua visita.

— És tão generoso — começou ela, — que sempre
me dá um grande prazer acatar o teu pedido e lançar
qualquer coisa em teu caminho que valha a atenção
de um verdadeiro epicuro como tu. Acabo de receber
do interior uma sobrinha cujo pai morreu há muito
tempo e agora perdeu a mãe e assim, para se livrar da
órfã, aquela boa gente do lugar em que elas moravam a
enviou para mim. Isso irritou bastante o meu homem…
sabes que ele ama carinhosamente seu dinheiro. Como
não pode ter um filho seu, ele não tem nenhuma fantasia
de assumir a responsabilidade pelos dos outros. Mas eu
o acalmei, garantindo que conseguiria um lugar para
ela em poucos dias. A garota tem só dezessete anos,
é linda e saudável como um anjo, inocente como um

bebê... então pensei que seria uma boa distração se ela viesse para cá e tu a esclarecesses e instruísses. Sei que tens uma casinha arrumada como leiteria; contrata-a como empregada da leiteria, compra uma ou duas vacas e pronto!

— Mas... ela não terá medo de morar sozinha na casa...? E se os jardineiros descobrirem, o que pensarão?!

— Nada disso — disse aquela tentadora. — A tua honra vale mais. Em todo caso, acho que essas dificuldades podem ser facilmente superadas. Conheço uma velha, uma criatura muito simples, pobre e humilde, que faria qualquer coisa por meia coroa e adoraria viver naquela casinha. Só ela será vista pelos jardineiros, a minha sobrinha será mantida trancada nos dois dias em que eles trabalham no terreno.

— Isso vai funcionar admiravelmente bem... — disse eu. — Terás de arranjar tudo!

E assim, a velha Jukes e a florescente Phoebe foram devidamente instaladas. Duas vacas Alderney ocuparam o estábulo e a nova leiteria começou a funcionar. Dois ou três dias depois, uma tarde fui ver a menina tirar o leite das vacas. Toda confusa, ela saltou do banquinho de três pernas e, corando profundamente, me fez uma reverência um tanto rústica.

— Bom, Phoebe, o que você está achando da leiteria? Você acha que poderá gostar desse lugar? — perguntei, com delicadeza.

Ela me fez outra reverência e respondeu:

— Sim, sinhô, sim, *mesmo*.

— E a casinha, está boa?

— *Nooossa...* tá boa demais! — exclamou ela.

— Muito bem — disse eu. — Agora que você já tirou o leite, vou mostrar o quintal e meus outros bichos, e é você quem vai cuidar de todos eles.

Assim que tirou o tanto de leite que precisava, a loura criatura levou os baldes para a leiteria e veio me dar atenção, alisando o avental branco. Fomos primeiro ao galinheiro, onde Phoebe ficou espiando o galo cobrindo uma galinha.

— Minha nossa! — exclamou ela. — Que galo cruel! Veja só, ele tá bicando e pisoteando aquela pobre galinha. Era assim mesmo que eles costumavam fazer lá na casa do pai...

E correu para afastar o galo.

— Pare, pare, Phoebe! — exclamei. Não tire o galo daí... porque se ele não cobrir a galinha, como é que vamos ter pintinhos?

— Ora, as galinhas vêm dos ovos, e se ele fica pulando em cima da pobre galinha desse jeito, vai acabar quebrando todos os ovos que 'tão na barriga dela.

— Nada disso — disse eu. — É verdade que as galinhas põem ovos e ovos muito bons para comer, mas eles nunca vão virar pintinhos. São os galos que fazem os pintinhos.

Phoebe arregalou seus enormes olhos azuis e exclamou:

— *Minha nooossa!*

— Você não está vendo, Phoebe, que enquanto o galo está em cima da galinha ele também está fazendo outra coisa?

EDWARD SELLON

— Não, *sô*, não tô vendo não — disse Phoebe acanhadamente.

— Se você olhar para o rabo da galinha, Phoebe, verá que ele está levantado e todo aberto... Agora, olhe bem: o galo está enfiando alguma coisa na abertura debaixo do rabo dela.

— Ah, é mesmo! — gritou ela, corando como uma peônia. — Estou vendo, é, eu nunca...

— Está vendo, Phoebe, você ainda tem muito que aprender... mas vamos agora ao estábulo e vou mostrar algo ainda mais extraordinário. De onde você acha que vêm os potrinhos? E os gatinhos? E os cachorrinhos?

— Ora, *sô*, das mães deles, né?

— Sim, mas eles não apareceriam sem terem sido feitos. Agora você vai ver o que o meu garanhãozinho vai fazer quando eu o deixar na baia da égua. Mais alguns meses, e você verá o potrinho que ele fez.

A isso Phoebe só conseguiu responder:

— *Minha noossa!*

Fomos ao estábulo. Os pôneis eram criaturinhas lindas, de uma bela cor creme, da pura raça Pegu, que um amigo me enviou de Burma.

Como todos os cavalos daquela cor, seus narizes, pênis etc. eram cor de carne e por isso logo atraíam a atenção. Retirando a barra que separava as baias, deixei o garanhão passar para o outro lado. A égua o recebeu com um relincho de boas-vindas.

— Ih, olha! — gritou Phoebe. — Parece que ela conhece ele muito bem!

O garanhão começou mordiscando diferentes partes da égua, que levantou o rabo e ele mordiscou de

A LAÍS

novo. A amante respondeu às mordidas. Logo suas belezas sexuais começaram a exalar aquele cheiro, ele a acariciou com os beiços, o pau enorme cresceu rapidamente e bateu em seu joelho. Apontei aquilo para Phoebe.

— Ai, meu Deus! É, *sô*... eu tô vendo, tô vendo! — gritava ela, ficando muito vermelha e tremendo.

Passei meu braço em torno de sua cinturinha e, beijando-a suavemente, sussurrei:

— Agora observe o que ele vai fazer...

Então o garanhão se ergueu sobre as patas traseiras, abraçou a égua com as dianteiras, e o imenso pau começou a entrar. A égua aguentou firme, sem espernear. Ele deitou a cabeça no pescoço dela, mordiscando sua pelagem. O animal se mexia para frente e para trás. Phoebe tremia e alternava rubor e palidez. A égua gemia de prazer, o garanhão reagia.

— Está vendo como esses amantes gozam? — disse eu. — *Mon Dieu!* Como estão felizes!

— Ué, *sô*... que prazer ela pode ter com aquela coisa comprida enorme enfiada lá dentro?

— O prazer que a natureza dá aos que propagam a sua espécie — disse eu, muito sério. — Algum dia a minha pequena Phoebe vai sentir esse mesmo prazer. Olhe! Ele terminou e saiu. Veja como as partes da fêmea se abrem e fecham com espasmos de prazer. Veja como ela levanta o rabo... como vira a cabeça, como se estivesse pedindo mais. Veja agora, ela está relinchando de novo.

Phoebe não estava escutando, havia sentado num feixe de feno e, com os olhos fixos no pau do garanhão que estava endurecendo de novo, caíra em devaneio. Adivinhei o que ela estava pensando, então sentei a seu lado e passei a mão por cima de suas roupas. Ela tremia, mas não resistiu. Senti suas coxas rechonchudas e firmes, explorei mais acima — toquei a ponta de seu clitóris, entrelaçando meus dedos na penugem macia e sedosa. Abri os lábios... céus! Eu mal podia acreditar nos meus sentidos. Ela estava arquejando e sua calcinha estava bastante molhada. Se foi por acaso ou não, não sei dizer, mas ela havia deixado uma de suas mãos cair em meu colo.

O meu pau há muito estava duro como ferro e esta circunstância agravante teve tal efeito que, com um susto, lá se foram os botões materiais e o cara saltou de sua caixa e caiu na mão dela. Com isso, ela deu um gritinho e tirando sua mão, ao mesmo tempo puxava a minha. Deu um pulo e começou a alisar suas roupas amassadas e com muita veemência exclamava:

— Ai, *noossa*! Que vergonha... o senhor... o senhor é tão bom! Ai, *tou* com medo!

Mas eu não ia perder uma oportunidade como essa e comecei a amaciar a garota com a conversa, até que depois de algum tempo voltamos à mesma posição de antes. Fiquei mais audacioso, beijei seus olhos e seu peito. Passei a mão em sua bunda, masturbei seu clitóris — os olhos dela brilhavam. Ela tomou aquela arma que no início tanto a assustara e no minuto seguinte eu a lançara de costas no feno e estava masturbando seu hímen. Ela deu um berro de protesto e lutou com muita violência. Felizmente a velha Jukes teve um conveniente ataque de surdez e não ouviu nada — e assim, depois de muito problema, me vi na posse da fortaleza, até o fundo. Uma vez lá dentro, eu sabia muito bem o que fazer e, sem muita demora, um langor delicado a invadiu, e o prazer sucedeu a dor. Ela já não me repelia mas, choramingando em meu ombro, parava aqui e ali para beijar meu rosto.

Seu clímax veio depois de certo tempo e aí ela jogou a modéstia de lado, entrelaçou as pernas adoráveis em torno das minhas costas e se retorcia, se meneava, mordia, beliscava e, me beijando com ardor, pareceu acordar para a nova vida que havia encontrado.

Três vezes ela renovou aquelas alegrias seráficas e só então, não antes disso, deixei-a com seu quintal e sua leiteria.

Ela ainda está comigo. É uma adepta das manhas do amor; não é nada ciumenta, mas muito útil para mim em todas as outras coisinhas que tenho nas mãos. Dei cinquenta guinéus a Mrs H pelo hímen de sua sobrinha. Embora eu tenha comprado muitas a preços bem mais elevados, jamais gozei como gozei com Phoebe.

Então, agora boa-noite e se conseguires dormir sem um amante depois de uma récita como esta... garanto que é mais do que eu consigo. Por isso, terei de procurar os braços dessa mocinha do interior, nada sofisticada, para abrandar o fogo que o simples relato dessa história acendeu em minhas veias.

A SAFO

RECLAMAS, minha doce menina, que faz muito tempo que não ouves falar de mim e me lembras que eu, dentre todos os homens, sou o único a te dar prazer. Em resposta à tua reclamação, garanto que não houve nada que eu te relate que possa interessar à minha jovem filósofa, mas sei muito bem que não achas muita graça nos casos de amor comuns entre homens e mulheres e que os amores das garotas estão mais a teu gosto. Pela tua outra observação me sinto muito lisonjeado, e se puderes inventar alguma desculpa para tua tia para saíres de casa e vires para cá, acho que posso te mostrar como passar uma tarde agradável. Nesse meio tempo, vou te contar em detalhes uma aventura que me aconteceu outro dia. Acho que vai agradar imensamente à tua fantasia.

Estava eu passeando calmamente num desses bosques espessos das redondezas quando, em um valezinho retirado, fiquei espiando duas jovens sentadas bem juntinhas mui amorosamente, empenhadas numa conversa ardorosa. Tão absortas estavam em seu discurso, que não tive a menor dificuldade em me aproximar silenciosamente até chegar a um metro dali, me esconder no meio de uns arbustos e sentar na relva para escutar o que diziam.

A mais velha das duas era uma mulher elegante, encantadora, mais ou menos um metro e setenta, uns vinte anos, olhos escuros brilhantes, cabelos negros, um nariz aquilino e uma nobre silhueta — o conjunto era agradável, embora um tanto masculino. Sua companheira era uma adorável garota de dezesseis anos, um rosto lindíssimo de perfeita oval, olhos azuis risonhos sombreados por longos cílios negros e uma profusão do mais lindo cabelo de um ruivo claro em mil anéis que se agitavam sensualmente na brisa, formando um quadro delicioso. Sua silhueta estava caprichosamente envolta em todo o feitiço da juventude, suas ondulações despertavam em meu coração um forte desejo de conhecer melhor suas belezas.

Preparei-me então para ouvir a conversa delas.

— Eu te garanto que não há nada nele — dizia a mulher de olhos escuros. — Esses homens são as criaturas mais egoístas do mundo. Além disso, me diz… que prazer podem eles nos dar que já não tenhamos sem a sua ajuda?

— Bom, minha querida amiga — riu a garota, num tom meigamente argentino. — Tenho certeza de que falas com muita sensibilidade… mesmo assim, deve haver alguma coisa nos prazeres do amor, se acreditamos nos poetas. Além do mais, não me importo dizer-te que sei um pouco mais sobre este assunto do que supões.

— *Mon dieu* — disse de repente a beldade morena, que eu agora começava a achar que fosse francesa, especialmente porque já havia notado um leve sotaque estrangeiro em sua fala. — *Mon dieu*! [Ela empalide-

EDWARD SELLON

ceu.] Como é possível que saibas algo do amor na tua idade?

— Queres que te conte? — retrucou a jovem.

— Ah, sim! Sim, me conta, *ma chère...*

— Bom, então lá vai, cara amiga. Conheces a jovem Mrs Leslie?

— Claro!

— Foi minha colega na escola. Um ou dois meses depois de sua lua-de-mel, fui visitar aquele belo cantinho do marido dela, Harpsdeen Court, em Bedfordshire. Ela não apenas me contou tudo sobre as alegrias secretas do casamento, mas me permitiu vê-las.

— Ver? Incrível!

— É verdade, juro. Devo te contar o que vi e como vi?

— Ah, sim, *ma petite.* Não me incomodo com o que tenhas visto, eu só receava que um desses homens pérfidos houvesse cativado o teu pobre coraçãozinho... como esta foi uma simples brincadeira de menina, vou me divertir muito escutando tudo a respeito.

E a jovem, primeiro dando em sua amiga um doce beijo — que invejei — começou assim:

— Minha amiga Clara Leslie, embora tenha um rosto bastante agradável, não é rigorosamente *bonita...* mas a natureza, como sabes, está cheia de compensações, como descobriu o marido dela para sua grande satisfação. Ela tem formas que rivalizam com a Vênus de Médici, a silhueta mais adorável que jamais terás visto. Quando era bem menina, na escola, ela podia mostrar uma perna que qualquer mulher invejaria, mas agora, aos vinte anos, ela superava a mais bela estátua que já vi. Não vou te aborrecer com uma recapitulação de tudo o que aconteceu na noite do casamento e logo depois, até a minha chegada em Harpsdeen, porque tu, minha doce amiga, sem dúvida sabes tudo o que acontece nessas ocasiões... Vou me limitar ao que eu vi. Ela me propôs dormir em um quarto ao lado do deles, dividido apenas por um fino lambril de carvalho; havia um nó da madeira que podia ser tirado à vontade, com uma visão completa da cama nupcial. Clara me disse que botaria um par de velas de cera em uma mesa ao lado da cama, fora da minha vista, e arranjaria de modo a que eu visse tudo o que se passava entre ela e seu belo marido, o nobre fazendeiro. Conforme o combinado, fomos todos para a cama mais ou menos às dez da noite e eu, depois de tirar a roupa e me envolver no *robe de chambre*, sentei numa otomana encostada no painel. Ajudada pelo marido, Clara logo foi reduzida ao estado natural e ficou de pé como uma linda Eva, com seus adoráveis cabelos descendo em meandros por seus ombros e costas de alabastro.

— Charles, meu amor — disse minha doce amiga —, deita no pé da cama e me deixa montá-lo, *à la* São Jorge, como dizes... Eu adoro aquela posição.

Ele a beijou ternamente e estando agora também nu, atirou-se ao pé da cama.

Aí, querida Marie, eu vi pela primeira vez aquele maravilhoso pau de marfim com uma nobre cabeça vermelha emergindo de um ninho de negros caracóis de pelos brilhantes. Tendo esperado um momento para me dar oportunidade de vê-lo, ela apertou seu rosto no colo dele e pegou a cabeça daquele magnífico brin-

EDWARD SELLON

quedo em sua boca. Depois de umedecê-lo por alguns
segundos, montou em cima dele, mostrando para meu
olhar deliciado sua grande bunda com covinhas e suas
coxas brancas como lírios, entre as quais eu distinguia
claramente a marca de seu sexo. Então, agarrando a
vara dele com sua mãozinha, ela a guiou e imediatamente começou a se mexer para cima e para baixo *à la
postillon*.[1]

Ele agarrou aqueles hemisférios brancos com suas
mãos, apertou-os bem apertadinhos, abriu-os, enfiou
o dedo no botão de rosa mais embaixo, beijou os seios
dela, enquanto mútuos suspiros de prazer escapavam
do par apaixonado. Eu estava muito excitada, quase
fora de mim... me sentia quase sufocada. Daí a pouco,
busquei alívio no substituto da escolar: usei meu dedo,
na falta de algo melhor. Embora fosse um expediente
muito modesto, aliviei o calor ardente e provoquei um
jorro do orvalho do amor, que acalmou o desejo ardoroso que tomara conta de mim. Enquanto isso, Clara
e Charles chegaram ao clímax ao mesmo tempo e estavam deitados arfando um nos braços do outro. Em
pouquíssimo tempo ele já estava pronto para a ação de
novo e, fazendo Clara se ajoelhar na cama, ficou em pé
atrás, e o encontro amoroso foi renovado. Quatro vezes,
em posições diversas, ele repetiu a brincadeira. Depois,
apagaram as velas e foram descansar.

Mal consegui pregar os olhos. Passei a noite inteira
me virando e revirando na cama, tentando em vão com

---

[1] Provável referência ao movimento e/ou posição do cocheiro
(*postillon*) na carruagem dos correios. [N. da E.]

meu dedo proporcionar-me aquela satisfação de que a tinha visto gozar.

Agora, minha querida Marie, censura o quanto quiseres o amor... de minha parte, quanto mais cedo algum jovem interessante se interessar por mim, mais gostarei.

— Querida criança — começou a beldade morena —, ouso dizer que é verdade que a tua amiga arranjou um excelente par e está muito feliz com seu marido, mas quero enfiar na tua cabeça que, para cada casamento como esse, há dez horríveis. Além disso, se quiseres, logo te demonstrarei que há mais prazer a extrair do amor de uma mulher por outra, que nenhum homem pode dar. Estamos sozinhas aqui nesse vale distante, deixa que te mostre como farei amor.

— Tu?! — exclamou a jovem. — O quê? Então vais fazer amor comigo?

— Com ninguém mais, meu amorzinho... — sussurrou numa voz rouca a lasciva mulher.

Seus olhos brilhavam enquanto ela passava a mão pelas roupas da companheira.

— Ah, mas é muito estranho, minha nossa! — disse a mais jovem. O que estás pensando?! Nossa... Marie, tu me surpreendes!

— Não te surpreendas mais, meu anjinho! — exclamou a amiga. — Me dá a tua mão [e passou-a em suas próprias roupas]. Agora vou te mostrar como tocar aquela partezinha secreta. Não é enfiando o dedo lá dentro que o prazer será obtido, mas esfregando o dedo em cima, bem na entrada... é ali que a natureza pôs um nervo que os médicos chamam de clitóris, e esse nervo é a sede principal do êxtase em nosso sexo.

Durante todo esse tempo, a libidinosa criatura manipulava com habilidade...!

A cor ia e vinha no rosto de sua bela companheira, que languidamente suspirava:

— Ah, Marie... o que estás fazendo? Oh, que prazer, oh, que deliciosa sensação de felicidade! Oh, será possível...? Oh... oh... ur...

Ela já não conseguia articular as palavras.

A lésbica viu sua chance e não esperou mais. Arrancando as roupas da jovem, voou sobre ela como uma pantera e, forçando seu rosto entre as pernas da amiga, chupou-a com inconcebível frenesi. Depois, não satisfeita com isso, puxou as próprias roupas para cima e montou sobre a jovem, apresentando suas nádegas simetricamente formadas bem junto ao rosto dela, quase sentando em sua ansiedade por sentir o toque da língua da jovem. Também não teve de esperar muito. Excitada até o maior grau de êxtase lascivo, sua amiga teria feito qualquer coisa que ela exigisse, e agora a chupava também, conforme o desejo de seu coração.

Continuei espiando as lésbicas por algum tempo, revirando minha mente para saber como eu poderia tomar posse da jovem, por quem eu agora concebia um desejo muitíssimo ardente.

Subitamente me ocorreu que, sendo elas estranhas na região, não era provável que houvessem caminhado muito e eu talvez encontrasse um coche esperando pelas duas nos limites do bosque.

Cheio de planos com a linda criaturinha, deixei o

par amoroso com sua diversão e logo cheguei à margem da estrada. Deparei com uma imponente carruagem de seis cavalos com criados em ricas librés. Ao me aproximar, vi pela coroazinha na porta que pertencia a alguma pessoa importante. Chegando ali, abordei um dos lacaios, lancei-lhe uma coroa e perguntei de quem era a carruagem.

— De Sua Graça, o Duque de G..., Excelência — disse o sujeito, tocando respeitosamente o chapéu enquanto dava uma olhadela em meu casaco bordado, minha espada, minhas fivelas de diamantes, e embolsava a coroa.

— Então imagino que vocês estejam esperando as duas senhoras no bosque...? — disse eu.

— Sim, senhor — disse o lacaio.

Sendo uma pessoa falante e indiscreta, acrescentou:

— Lady Cecília Clairville, filha de Sua Graça, Excelência, e Madame La Conte, sua governanta.

— Ah... sei! — disse eu, com o ar mais indiferente que pude assumir, e segui em frente.

Numa curva da estrada, mergulhei novamente no bosque e logo alcancei minha propriedade.

— Uma bela história, realmente... — disse para mim mesmo, tomando um vinhozinho.

Madame La Conte, contratada pelo duque para completar a educação de sua filha, se aproveita de sua posição para corrompê-la e, fazendo dela uma lésbica, a torna infeliz para toda a vida. Deixa-me te dizer, Safo, não há caminho mais certo para a doença, a perda da beleza, do prazer, e todos os deleites da vida, do que esse desejo horrendo pelo sexo errado.

EDWARD SELLON

— Muito bem, Madame La Conte... — disse eu
para meus botões, — tenho de aproveitar essa descoberta, esteja certa disso!

Com esta decisão, fui para a cama.

Na manhã seguinte, enviei um bilhete em francês
por um mensageiro confiável à casa de Sua Graça, na
praça Cavendish. Dizia o seguinte:

*Madame, fui testemunha de tudo o que aconteceu entre a senhora e Lady Cecília no bosque ontem. Tenho
certa posição na sociedade e, se não quiser que eu faça
uma visita ao duque e o faça conhecedor de suas ações,
venham as duas amanhã às três da tarde ao grande carvalho, na ponta direita desse bosque, em carro de aluguel,
do qual descerão pelo lado esquerdo. Para evitar serem
descobertas, é melhor virem mascaradas.*

Seu, desde que se comporte,

Argus

Pontual no encontro marcado, postei-me à sombra
de um carvalho e, sem precisar dizer o que aconteceria
ou que emboscada aquele diabo de francesa poderia preparar para mim, fui armado com a espada e levei duas
pistolas carregadas no bolso. Logo as formosas criaturas se aproximaram, de mãos dadas. Ergui meu chapéu
para a jovem, mas para madame, meu cumprimento foi
um olhar de desprezo.

— Não se alarme, Lady Cecília — disse eu. — A
senhora está na companhia de um homem honrado,
que não fará nenhum mal.

— Realmente, *monsieur*... a sua conduta nessa

questão é tão singular, que não sei o quê pensar...! — disse a governanta. — Mas deixe-me dizer, meu senhor, que se tiver algum plano indecente nos trazendo para este lugar, eu saberei me vingar.

— Claro, claro, *madame*. Sei o francês muito bem e estou preparado para todas as contingências. Permitam-me, senhoras, oferecer um braço a cada uma, e me deem a honra de caminhar um pouquinho mais para dentro do bosque...

A vivacidade com que a esperta francesa aquiesceu revelou-me num instante o que eu poderia esperar...

Ela havia decidido me assassinar. Certamente já havia pensado como deveria agir; permiti que ela me conduzisse pelo caminho que bem entendia, embora mantivesse um olho alerta por todos os lados enquanto caminhávamos. Eu ia tocar no assunto pelo qual elas tinham vindo, quando de repente surgiram três mascarados exigindo:

— O dinheiro ou a vida! — e apontaram suas enormes pistolas para nós.

As senhoras gritaram, eu as empurrei para trás e, quando um dos patifes mandou uma bala que atravessou a minha peruca, puxei as minhas pistolas do bolso e o matei. Seus dois companheiros atiraram, uma das balas raspou meu ombro e a outra, estranhamente, perfurou a cabeça de Madame La Conte que, lançando-me um olhar enfurecido e retorcendo as mãos, caiu dura.

Os bandidos remanescentes se viraram para fugir, mas antes que pudessem escapar, derrubei o segundo com uma bala e passei a minha espada pelos pulmões do outro.

EDWARD SELLON

Estando agora inteiramente derrotado o inimigo, me virei para a adorável Lady Cecília, que desmaiara e, erguendo suas formas leves em meus braços, carreguei-a até o ponto em que o coche havia sido deixado — mas ele se fora. O condutor certamente escutou os tiros e, ansioso por salvar sua pele, foi embora. Num instante tomei uma decisão. Levando minha carga leve até o próximo portão que abria para minha propriedade, levei-a até meu quarto secreto e, pedindo ajuda à velha Jukes e a Phoebe, com ordens rigorosas de não lhe contarem onde estava, mas prestarem a ela todas as atenções necessárias, selei um cavalo rápido e fui até a cidade mais próxima, onde um dos magistrados era um velho amigo.

Ele gostou muito de me ver, mas ficou intrigado por minha súbita chegada, estando eu coberto de poeira. Contei-lhe uma história horrível que havia acontecido: que, voltando para casa, eu escutara gritos com pedidos de ajuda no bosque e encontrara três rufiões roubando e maltratando umas senhoras... que eles haviam atirado em mim, ferindo-me, e mataram uma das senhoras... que a outra senhora havia escapado... que no final eu conseguira despachar os patifes, mais em consequência da falta de jeito deles no uso de armas do que por algum valor extraordinário de minha parte... e, por fim, exigi que desse ordens de enviarem os cadáveres para o exame do legista. Ele prometeu tudo fazer e, apesar de seu sincero convite para que eu ficasse e tomasse mais uma garrafa de vinho, pedi minhas desculpas e voltei para casa.

Encontrei minha jovem hóspede muito melhor e,

depois de consolá-la da melhor maneira possível pela perda de Madame La Conte, aos poucos fui revelando para ela toda a perversidade daquela mulher vil e, após tocar com toda a delicadeza na cena do bosque no dia anterior, disse-lhe que havia sido testemunha de tudo e ouvira toda a conversa.

A essa revelação, Lady Cecília cobriu o rosto com as mãos para esconder o rubor e, quando perguntei se Madame La Conte lhe havia mostrado minha carta, disse que sabia que madame havia recebido uma carta, que era uma carta muito desagradável, a rasgara e queimara com muita fúria, mas ela mesma ignorava seu conteúdo.

Foi uma notícia muito satisfatória para mim, pois minha letra poderia ter sido reconhecida. Então, dirigindo-me à jovem com um ar alegre, eu disse, rindo:

— Bom, minha querida jovem amiga, tudo está bem quando termina bem... façamos agora planos para o futuro. Em primeiro lugar, parece-me que és feita para as alegrias do amor. Verdade que não sou um amante tão jovem quanto poderias desejar, mas estou mais preparado para os combates amorosos do que muitos homens mais jovens. Sou rico e, embora não tenha títulos, sou filho de uma nobre casa. O que dizes? Conheço o teu segredo. Já vi todos os teus encantos... não deveríamos aproveitar? Queres te casar comigo?

— Ora, meu senhor... só a sua galanteria ao atacar aqueles rufiões e defender minha honra bastaria para conquistar meu coração... — disse a querida garota.

— Porém, meu pai, o duque, tens planos de me casar com um homem até mais velho do que ele, uma criatura velha que eu detesto, por isso acho muito feliz este nosso encontro e aceitarei a sua oferta com a mesma franqueza engenhosa com que me propões. Dizes, realmente, que já viste a minha pessoa com prazer… toma-a, caro senhor, e faz o que bem entenderes comigo. Sou tua para sempre.

Fiquei extasiado com essa decisão. Decidimos que seria preciso escrevermos ao duque pela manhã e informar que sua filha, mantendo uma insuperável rejeição ao par que ele tinha guardado para ela, fugira com o homem de sua escolha.

Resolvida essa questão, e depois que Phoebe, com muito olhares de viés, fez uma cama num dos sofás, fechei as janelas e me apressei a despir minha futura noiva. Seu corpo era de uma formosura sem igual, com os seios mais lindos do mundo… suas nádegas e coxas não poderiam ser mais belas.

Em pouco tempo estávamos na cama e logo me apossei de tudo o que o dedo dela e a língua dissoluta de madame haviam deixado de seu hímen. A aurora ainda nos encontrou em brincadeiras… mas, estando os dois bastante fatigados, com um último beijo adormecemos. No dia seguinte nos casaríamos privadamente com autorização.

Então agora, minha cara Safo, devo encerrar esta carta tão comprida dizendo: *Vai e faz o mesmo…*

A JÚLIA

Tua carta, contando a tua aventura com o marquês nos jardins Ranelagh, me divertiu imensamente. Bom, mas eu também não fiquei ocioso nesse meio tempo...

Desde que me escreveste a última vez, arrumei um canto da minha propriedade. Uma velha criatura muito discreta, chamada Jukes, está encarregada daquela casinha coberta de rosas e jasmins que tanto admiraste e, no trabalho da leiteria, ela tem a ajuda da mais nova e mais encantadora das garotas do interior. Tens mesmo de vir me fazer uma visita, no mínimo pelo prazer que sentirás ao ver as perfeições de Phoebe. Bom, mas esta já é uma digressão e sei que detestas digressões. Continuemos.

Deves saber que Phoebe e eu nos entendemos muito bem, mas ela é tão bonita, tão revigorante, tão amável e tão animada, e o tempo, o lugar e a oportunidade se apresentavam com tanta frequência, que quase me matei de fadiga lasciva e, depois de foder a menina em todas as posições imagináveis, depois de chupar e ser chupado por ela em troca, com o tempo, comecei a me sentir farto e procurei algum novo estimulante... mas, ora! Madame R não veio me visitar, não vi nada de Mrs H. Escrever para elas não estava de acordo com minha prudência habitual. O que fazer? Entrei em desespero. A esta altura, a minha cara velha Jukes veio em minha ajuda, embora muito inocentemente... acho eu.

Com muitas reverências e "Espero que Sua Excelência não se ofenda com minha audácia", e por aí afora, ela me contou que se sentiria imensamente grata se eu lhe permitisse trazer uma pequena órfã, sua neta, para viver com ela e Phoebe na casinha.

Disse que sua garotinha era uma criaturinha meiga e bonita, com dez anos de idade, e como ela sabia que eu às vezes gostava de brincar com crianças (?), pobre alma inocente, achou que gostaria de possuí-la...!

Consenti na mesma hora, e poucos dias depois chegou a mais doce das flores que jamais corou e foi vista nos bosques de Hampshire. Fiquei encantado, e não perdi tempo providenciando roupas adequadas para aquela coisinha e, com as artes de Phoebe, seus vestidinhos chegavam apenas até os joelhos. Isto, logo entenderás, tinha o objetivo de me permitir ver suas belezas juvenis sem fazer nada que alarmasse sua jovem inocência. Logo nos tornamos grandes amigos, e no mesmo instante ela se apegou a Phoebe, ao balanço, ao peixe dourado, aos morangos com creme, às caminhadas no mato e, acima de tudo, a suas lindas roupas novas. Tudo contribuiu para fazer a pequena Chloe tão feliz quanto uma princesa. A velha parenta a seguia, exclamando: "Meu Deus! Puxa, eu nunca...!" e assim por diante...

Em poucos dias a nossa jovem rústica havia tirado de cima aquela timidez inicial e entrava e saía correndo do meu quarto, sentava nos meus joelhos, escondia a minha caixinha de rapé, me beijava por sua própria conta e fazia todo o tipo de brincadeira inocente, como qualquer criança, andando no balanço, subindo nas

A JÚLIA

árvores e fazendo cambalhotas na grama. A gatinha não mostrava apenas suas pernas, mas tudo o que estava por perto.

No início, Mrs Jukes tentou detê-la, disse que era falta de educação se comportar assim na frente do cavalheiro, mas pedi que no futuro não se importasse, pois não me incomodava e eu gostava de ver a menina à solta e feliz.

Bom, a velha Jukes sempre ia para a cama na hora do pôr do sol. Assim, combinei que, depois que a velha tivesse deitado, Phoebe deveria lavar Chloe completamente antes de levá-la para a cama; expliquei que deveria ser um banho muito bem dado. Em geral, eu observava a operação, pois me dava uma agradável sensação ver a criança nua quando Phoebe estava presente.

Phoebe era uma garota esperta e não precisei dizer muito, de modo que nenhum dos encantos mais secretos da minha pequena Vênus era escondido de meu olhar lascivo.

Em certo momento, Phoebe deveria deitar a menina em seu colo, dando a mim plena visão de sua bunda com as covinhas, abrindo bem aqueles dois globos brancos para expor tudo o que havia embaixo. Depois, deitaria a menina de costas e abriria bem suas coxas, como se para secá-la com a toalha. De fato, ela arrumava a menina em quase todas as posições — ao mesmo tempo, uma brincadeira cheia de lascívia, como ela me vira fazer. A inocente garotinha, enquanto isso, parecia achar esse modo de se lavar um grande divertimento, e saía correndo nua pelo quarto, na exuberância de sua plena saúde.

Nesta brincadeira encontrei toda a excitação que desejava. Talvez devesse contentar-me com a visão de suas belezas sem atacar sua inocência, não fosse por uma circunstância que aconteceu.

Certa noite, depois do banho costumeiro, lavar, virar etc., a diabinha veio e pulou nos meus joelhos, pondo uma perna de cada lado, e começou a fazer travessuras. Se eu fosse um santo, e sabes que não passo de um pecador, não teria resistido a um ataque como aquele à minha virtude.

Imagina só, querida Júlia, essa graciosa criaturinha adorável em todo o esplendor da meninice, completamente nua não fosse pelas meias, seu lindo cabelo castanho flutuando sobre seus belos ombros... imagina a posição, e o quanto ela se pusera próxima do fogo e, agora me diga: podes me censurar?

Resumindo: levei minha mão até embaixo e soltei aquele pobre prisioneiro duro, que na última meia hora quase explodiu a porta de sua prisão... como consequência natural, ele deslizou entre as coxas dela e apareceu sua cabeça coroada (como eu podia ver pelo reflexo de um velho espelho), mostrando impudentemente sua cara, entre as nádegas dela, por trás. Ela talvez tenha notado, não fosse meu dedo que há tempos já estava ocupado na sua fendinha "fazendo cosquinha", como ela dizia, rindo às gargalhadas e fazendo cócegas nas minhas axilas em troca.

De repente, como se lhe houvesse ocorrido um pensamento, ela disse:

— O senhor sabia que...

A JÚLIA

Fez uma pausa. Jamais homem algum esperou com paciência mais exemplar.

— Que... que...

Outra pausa.

— Que eu vi...

Pausa de novo.

— O galo...

Aqui Phoebe tentou detê-la, mas ela espremeu as bochechas de sua interruptora para que ela não pudesse falar e concluiu apressadamente:

— Fazendo pintinhos... aqui.

Isso foi demais para a minha seriedade, tive um ataque de riso. Quando consegui me recuperar um pouco, perguntei:

— E como é que o galo faz isso, meu amorzinho?

— Ora... — exclamou a menina, triunfante. — Ele tem um dedo, um dedo bem comprido também, e eu vi ele sair de debaixo do rabo dele quando ele tava pisando nas galinhas, e ele fazia cosquinha nelas, exatamente como o senhor tá fazendo em mim, mas só que botava o dedo bem lá dentro do corpo dela. Agora, não estou certa dizendo que o galo faz pintinhos quando faz cosquinha na galinha?

— Muito bem pensado, minha pequena filósofa — disse eu, realmente adorando aquela esperteza. — Estou vendo que, embora vivesses no interior, não és nenhuma boba, e vou te contar uma coisa de que as menininhas sempre estão curiosas, mas sobre a qual suas mães e avós jamais contam nada. Mas primeiro vais me contar por que pensaste que o galo fez os pintinhos fazendo cócegas na galinha.

EDWARD SELLON

— Ora, porque a Phoebe me contou!

— Rá, rá! — disse eu, rindo. — Contaste para ela, Phoebe, é verdade?

A coitada da Phoebe estava apavorada.

— Espero que o senhor me *adisculpe*, mas a Chloe ficou perguntando sem parar sobre aquele galo, que no final desisti e contei para ela!

— Deus te abençôe, minha cara menina. E daí, se o fizeste? Não há mal nenhum nisso, espero. Jamais poderá haver algo de errado no que é natural.

Depois, virando-me para Chloe, cuja bocetinha eu não soltara todo esse tempo:

— Tu gostarias de saber, minha querida, de onde vêm os bebês e como eles são feitos?

— Ah, sim, claro, era exatamente isso que eu queria...! — disse Chloe me abraçando e me beijando.

— Muito bem... acho que sabes que não és exatamente igual aos meninos, não sabes?

— Sim, eu sei, sim. Aí embaixo, não é? — e apontou para onde meu dedo ainda titilava.

— Exatamente. Por acaso já viste um homem grande?

— Nunca!

— E gostarias de ver?

— É o que eu mais queria ver!

— Então, olha! — exclamei, erguendo-a e permitindo que a vara empinada saltasse, batendo na minha barriga.

— *Iiih! Que engraçado!* — disse Chloe, e depois, agarrando-a, continuou:

— Como é quente! Era isso que eu tava sentindo na

A JÚLIA

minha bunda há pouquinho, mas não conseguia saber o que era... mas o que é que isso tem a ver com fazer bebês?

— Vou te mostrar — disse eu —, mas não posso prometer que vou fazer um, porque estou velho demais para isso, mas é fazendo o que vou fazer com a Phoebe que as crianças são geradas.

— Ah! Já sei! O senhor vai *cobrir* a Phoebe como eu vi o garanhão cobrir a égua hoje de manhã! — exclamou a garotinha, batendo palmas. — Vai ser muito bom!

— *Cobrir a égua...!* — exclamei, olhando para Phoebe por cima dos ombros. — Mas como é isso?

— Bom, sabe... — disse a tímida garota — ... desde que *Sua Excelênça* me mostrou aquela história, fui lá uma porção de vezes para ver eles fazendo aquilo, e eu tava olhando eles hoje quando essa menina levada chegou correndo no estábulo. Aí eu fui obrigada a contar tudo para ela, que nem eu tinha feito com as galinhas!

— Bom, se ela viu aquilo, não vejo mal que veja essa outra... então, querida criaturinha, puxa as saias para cima!

Num instante Phoebe havia puxado para cima as anáguas, ajoelhou-se sobre a caminha baixa e, deixando seu traseiro branquinho bem saliente e aberto, apresentou plena visão de todos os seus encantos.

— *Iiih!* Phoebe, tens cabelos na tua...

Calou-se e, encantadoramente corada, escondeu o rosto em meu peito.

— E assim, querida mocinha, é isso que terás quando tiveres a idade dela — sussurrei. — Olha, agora, o que eu vou fazer e enquanto isso não esquece de fazer cosquinha ali embaixo.

Isso ela fez da mais deliciosa maneira, rindo de vez em quando ao ver Phoebe se retorcendo. Quando terminou, mandei Phoebe para meu quarto, para tomar refrescos e vinho e, quando ela saiu, chupei a adorável pequena Chloe, operação essa que, gozando como aconteceu depois de toda aquela foda que ela assistira, despertou na hora suas paixões adormecidas, transformando-as em energia precoce. Com ansiedade, ela agarrou minha vara novamente ereta e a enfiou em sua boquinha, indo e vindo, de tal modo que no momento em que Phoebe voltava, lancei um jorro sobre sua língua enquanto seu orvalho virginal me inundava.

— Ah! Como é salgado! — disse a garotinha cuspindo e fazendo uma careta. — É essa coisa aí que faz os bebês?

— Só uma gotinha, minha querida, é suficiente para fazer uma meninazinha bonita como tu...

— Ou um menininho?

— Sim, ou um menininho...!

Depois do jantar, Chloe disse que não estava com sono e quis que Phoebe e eu fizéssemos aquilo de novo, mas eu disse que bastava por aquela noite e que por nada neste mundo ela não poderia contar nada do que tinha visto para sua avó.

Agora, querida Júlia, acho que dirás que te contei uma aventura interessantíssima... mas eu gostaria que viesses passar uns dias aqui, para praticarmos o nosso esporte predileto. Tenho esperanças de te ver em pouco tempo.

A EUPHROSYNE

A TUA BELA prima Safo com certeza te contou a grande novidade, que estou... o que achas? — casado! É verdade, e te garanto que a minha mulher é uma criaturinha encantadora.

Livre de todas aquelas bobagens de ser dona ou ter ciúme, seu maior deleite é me fazer feliz, não apenas me entregando sua própria linda pessoa, mas lançando no meu caminho qualquer chance que venha a ocorrer quando há um novo rosto que me agrade.

Tendo isto em vista, ela me propôs adotarmos as duas filhinhas de um primo seu. Como era pobre, ele aceitara uma posição a serviço da Companhia das Índias Orientais; mais tarde contraiu um casamento imprudente, de que essas crianças eram fruto. Estando morta a mãe, ele as enviara de volta ao país para serem educadas e, por obra do acaso, foram estudar na escola de Mrs J, que, como sabes, é minha inquilina e ocupa a casa perto do lugar que ofereci a teu pai há alguns anos.

É claro, depois do meu casamento, apresentei Cecília à minha criadagem como sua patroa, não havia motivo para mantê-lo em segredo, no que há grande conveniência pois, seja lá o que tenham pensado antes a respeito do quarto secreto e do terreno, como minha esposa está agora comigo, cala o escândalo de uma vez.

EDWARD SELLON

Agora te contarei o ganho que resultou deste plano da | 63
minha mulher.

Fomos de carro a Mrs J, de quem sempre fui o preferido, e com razão, porque mais de uma vez, quando ela estava um pouco apertada com o aluguel, enviei-lhe um recibo pelo dinheiro sem jamais recebê-lo.

Ela é viúva de um oficial da marinha e, embora acima dos trinta e cinco anos de idade, ainda possui uma parcela considerável de atrações pessoais.

Estava em casa e ficou encantada com a nossa visita. Então, revelamos o objetivo da visita.

— Minha cara Mrs J… — começou Cecília, com um sorriso seráfico. — Convenci Sir Charles a me permitir adotar as filhinhas da minha prima, coitada, e agora pretendo assumir todo o encargo dessas jovens…

Depois, notando que Mrs J parecia muito pensativa, ela rapidamente acrescentou:

— …mas não me compreenda mal. Não quero tirá-las da sua excelente supervisão, naturalmente, a educação delas continuará como de hábito. Eu só gostaria de ter a sua permissão para quebrar uma das suas regras e pedir-lhe para deixá-las passarem uns dias conosco de vez em quando, em vez de só virem nas férias…

— Ficarei honradíssima em agradar sua senhoria de qualquer maneira que esteja ao meu alcance — exclamou Mrs J, cujo rosto se abrira enquanto ela falava. — Por favor, faça os arranjos da maneira que melhor lhe convenha.

— E se a senhora quiser ocasionalmente nos dar a honra de sua companhia, Mrs J, e trazer qualquer uma

A EUPHROSYNE

de suas jovenzinhas, nós dois nos sentiremos encantados — acrescentei. — A senhora sabe que temos um jardim muito bonito a que não deixo entrar qualquer um, mas o seu nome será sempre o "abre-te, sésamo".

— Oh, Sir Charles, o senhor é muito bom, tenho certeza — exclamou a boa senhora com um rubor muito consciente (o que mostrava que ela conhecia muito bem aquele terreno), — mas, para falar a verdade, fiquei muito assustada quando vi a sua carruagem subir a avenida, pois lembrei que estou com dois meses de atraso. Creio que o senhor me acha uma péssima inquilina...!

— Eu não trocaria a senhora, prezada madame, por nenhum dos melhores inquilinos do mundo. Veja só, eu previ os seus temores, conhecendo a sensibilidade da sua natureza e sua honestidade... Aqui está o recibo, quanto ao dinheiro, por favor, aceite-o para encontrar alguma joiazinha que a senhora esteja precisando.

Mrs J olhou furtivamente para minha mulher antes de responder. Mas não vendo naquele rostinho doce outra coisa senão o sorriso mais amistoso e encantador, disse:

— Oh, Sir Charles! Como o senhor é amável e generoso... sempre o mesmo cavalheiro tão nobre, madame...

E, virando-se para Cecília, terminou:

— ...bondoso, muito generoso.

— Então quer dizer que estamos combinados — disse Cecília. — Lembre-se de trazer algumas das suas meninas mais bonitas. A senhora sabe que Sir Charles adora uma boa travessura com meninas bem jovens, e eu não sou nada ciumenta...

— Ah, minha cara senhora, vejo que é uma criatura meiga, estou encantada. Sir Charles fez uma escolha muito feliz. Trarei duas ou três das minhas meninas com as suas queridas primas. Não querem vê-las antes de irem embora?

— Oh, sim, claro. Pode mandar chamá-las, por favor.

Mrs J fez soar a campainha e logo apareceram duas das mais adoráveis crianças que eu já tinha visto. Augusta e Agnes eram seus nomes, uma com nove e a outra com onze anos. Tinham o ar mais doce e mais inocente em seus rostinhos, e seus modos faziam ampla justiça ao ensino de Mrs J. Botei uma em cima da cada joelho e, enquanto beijava seus rostinhos rosados, sentia através dos vestidinhos de musselina que as duas tinham bundinhas rechonchudas, firmes, macias, que eu esperava conhecer melhor muito em breve.

Mrs J percebeu o movimento e sorriu com malícia. Então, ao encontrar o olhar de Cecília:

— Um homem triste! Um triste libertino! Não é, minha senhora?

— Ah, é claro que é! — exclamou Cecília, rindo, — e, se não me engano, a senhora e eu sabemos disso tudo, *n'est-ce pas...*?

Mrs J ficou vermelha, mas ao ver que o comentário era um simples gracejo sem malícia, logo recobrou a presença de espírito. Depois de uma conversa animada com as garotinhas, um presentinho de um guinéu para cada um, e a promessa de bonecas novas, fomos embora.

Assim que entramos na carrugem, minha mulher me deu uma batida com seu leque, dizendo:

A EUPHROSYNE

— Eu, hein, Charles... és incorrigível! Acredito muitíssimo que Mrs J é uma velha chama tua...!

— É claro que é, meu amor, e era uma mulherzinha endiabrada, posso garantir... talvez hoje um pouquinho passada, mas uma pessoa muito prestativa e muito prudente. Sempre que ela tinha quaisquer meninas órfãs ou meninas cujos amigos não pagavam bem ou pontualmente, se eram bonitas (ela não pegava as feiosas), sempre as trazia para mim e, dessa maneira, por cinco guinéus dela comprei muito himenzinho. E ela tratava de tudo com tanta inteligência que nada desagradável jamais aconteceu nessas questões. Exceto, é claro, uma vez... eu até tinha quase esquecido... um caso bastante estranho, porque o idiota de um guardião achou de bom alvitre ofender-se com a queixa de um de seus tutelados; e veio até aqui enfurecido com o Frank Firebrace, dos Guardas. Esperou no mato e mandou o capitão para mim com uma carta de desafio. ... Nunca fui homem de recusar esse tipo de intimação, mas disse que ele teria de esperar até eu também mandar chamar um amigo. Eu sabia onde encontrar um velho camarada meu e mandei um recado pelo correio. Ao chegar, começamos a nos dirigir ao local do encontro e ali, naquele valezinho profundo que tanto admiras, me senti sob a desagradável necessidade de matar o guardião da garotinha, enquanto O'Brien dava um fim ao pobre Firebrace. Fiquei irritado por isso, lembro, mas ele me acalmou, dizendo: "Não estás vendo, meu caro amigo, que num caso delicado como esse não há nada melhor do que garantir o silêncio... claro, os mortos não contam nenhuma história... não contam mesmo!".

Quanto à garota, nós a contrabandeamos para fora do país e a trancamos num convento. Puxa, foi um diabo dum negócio desagradável e fez a pobre Mrs J ficar com muito medo de Bridewell, na época...

— Oh, querido Charles, és um malvado encantador! E como pareces tranquilo falando sobre isso! Seu malvado, acredito que violaste a menina!

— É, sim — disse eu. — Sem dúvida, cometi o que a lei chama de estupro.

— E o que Mrs J tem a ver com isso?

— Ah, ela trouxe a menina para mim e a segurou enquanto eu a deflorava. Vês, a menina era uma pequena puritana que, em vão, tentamos forçar... mas sua modéstia estava acima de ameaças ou presentes. Infelizmente, era muito bonita e só tinha treze anos, e essa oposição me deixou louco por ela. Mas não vamos falar mais nisso, foi um desses contratempos que de vez em quando mancham a carreira uniforme de um homem dedicado ao prazer.

— Realmente, Charles, tu me assustas bastante com essa tua frieza. Mas não te preocupes, meu querido, eu te amo de todo o coração e jamais pensarei muito cruelmente dos teus pecadilhos.

A quinta-feira seguinte me trouxe Mrs J, as duas priminhas e três outras jovenzinhas sobre as quais será preciso dizer algumas palavras.

Miss Marshall era uma pobre menina irlandesa do condado de Kerry, cujo pai desnaturado, um oficial da marinha, depois de deixá-la há três anos com Mrs J, jamais pagou sequer um xelim. Ao escrever para a cidadezinha de onde ela vinha, Mrs J descobriu que o pai era seu único parente neste mundo e, portanto, dela cuidou como uma legítima presa.

A garota era verdadeiramente uma beldade da Irlanda, com olhos de um azul escuro e cabelos negros, uma pele bastante desbotada, um rosto muito bonitinho e um corpo bem formado, ainda que muito magro. Havia algo de atraente nela, embora tivesse um ar sério e triste. Mal havia completado seus doze anos.

A próxima que descreverei era Miss Jennings, uma lourinha alegre, que ria muito, rechonchuda e bonita, com uma fartura de cabelos claros. Fora trazida pela avó, que pagava muito pouco. Esta menina tinha uns onze anos e estava pronta para uma boa travessura.

A última desse trio, Miss Bellew, era uma garota de uns quinze anos, alta, muito bem feita, mas um tanto frágil, para dizer o mínimo. Era trigueira, uma morena, para falar a verdade. Havia alma em seus olhos negros e, além disso, tinha um olhar lânguido, que era muito sedutor. As duas priminhas eram crianças gorduchinhas.

Este era o nosso grupo e, com os chocolates e frutas, muitos bolos e bombons servidos no gramado por Phoebe e Chloe, logo todos nós ficamos amigos. Eu já havia feito um sinal para Phoebe levar o garanhão para o compartimento da égua, de modo que no momento em que chegamos lá, os animais estavam em pleno ato — visão que causou espanto e risadas das pequenas e fez Miss Marshall empalidecer e ficar muito séria, enquanto misses Jennings e Bellew enrubesciam até os olhos.

— Ora, vamos embora, vamos embora! — gritava Miss Marshall, virando as costas.

Mas eu a detive.

— Por que elas deveriam ir embora, minha cara? — perguntei.

— Porque... porque... — e parou.

— Por que o quê? — perguntei.

— Porque... eu acho que o senhor é um homem muito malvado, Sir Charles — choramingou a bobinha, e explodiu em lágrimas.

— Ah, Bella... que vergonha, falar assim com Sir Charles! Não se incomode com ela... é sempre assim, uma estraga-prazeres! — exclamaram todas as outras em uníssono.

— É uma pena ouvir isto — disse eu. — Quando convido as jovens para virem aqui, espero que sejam alegres e educadas... mas se não forem, temos uma boa vara bem à mão...!

Mrs J estava chegando nesse momento e as garotas correram para contar como Bella se comportara.

— Neste caso, Sir Charles, teremos de começar a brincadeira dando-lhe uma boa surra.

Miss Marshall ficou ainda mais pálida do que antes ao escutar o aviso. Mrs J tinha a mão pesada, como ela bem sabia por experiência que lhe custou caro, mas era teimosa, ficou emburrada e não disse nada.

— Bom, mocinha, pede desculpas imediatamente ou vais levar uma boa surra agora mesmo! — disse Mrs J.

Nenhuma reação.

— Vais ou não vais pedir desculpas?

Nenhuma reação.

— Sei, sei... Estou vendo que teremos de fazer a senhorita falar. Vem cá, boa menina — disse ela, dirigindo-

A EUPHROSYNE

-se a Phoebe. — Tu, que és forte, agarra a menina... e vocês, mocinhas, segurem as pernas dela.

Montaram na intransigente Bella, suas saias foram lançadas por cima de sua cabeça, e Mrs J arrancou um bom feixe de galhos de uma vassoura nova de bétula e, depois de amarrá-los com uma fita, preparou-se para a ação.

Agora tínhamos uma boa visão de suas nádegas e coxas brancas muito bem formadas e as outras meninas, que pareciam gostar da cena, seguravam suas pernas tão abertas que se podia ver a bocetinha saliente e toda a região em volta.

Enquanto isso, Bella se revirava e lutava para se libertar, mas só expunha ainda mais seus encantos...

— E agora, mocinha levada, por quem jamais recebi nem ao menos um xelim! ...vou te ensinar bons modos, *sua* infeliz! — disse Mrs J.

E começou a açoitá-la até que a teimosa berrou pedindo perdão e seu traseiro branco brilhou novamente.

— *Não... não... não!* — gritava Mrs J, dando uma tremenda açoitada a cada palavra. — Vou arrancar esse demônio daí a açoitadas!

— Ora, madame, por favor, me perdoe! Oh... oh... oh... Bondoso Sir Charles, interceda por mim! Ai, vou morrer... *Oh! Oh!*

Mas a esta altura eu tinha ficado muito interessado para interferir, por isso acalmei Cecília com um gesto e a operação continuou.

Grandes vergões surgiram em sua carne, o sangue começou a correr por suas coxas e, com o tempo, ela deu um guincho demorado e desmaiou.

— Aí está! Tirem ela daqui e não me deixem ver essa putinha até a hora de sairmos — gritou Mrs J, respirando fundo.

Ao ver a pobre garota desmaiada, cedi e levei-a no colo até um sofá no meu quarto. Depois de afrouxar seu vestido e banhar-lhe a fronte com água da Hungria, deixei-a e voltei para o meu grupinho. Naquele momento estava sendo preparada uma brincadeira de caça-ao-chinelo. Estando todas as meninas sentadas na grama, percorri o círculo, aqui e ali passando a mão em busca do chinelo sob as pernas delas.

Gritinhos, explosões de gargalhadas, foi uma diversão formidável. Podes ter a certeza de que cada uma delas sentiu por sua vez a minha mão entre suas coxas nuas.

Com algumas era um aperto apressado, mas com outras eu me demorava e masturbava bastante, fingindo estar certo de que tinham o chinelo. Ver as pequenas Agnes e Augusta rirem por estar fazendo cócegas assim era delicioso, e os rubores conscientes das Misses Jennings e Bellew eram igualmente encantadores. Os olhos negros de Miss Bellew lançavam cintilações quando ela gozava languidamente nas minhas mãos, mas a pequena Jennings era menos precoce e apenas ria com a brincadeira.

Toda essa sacanagem me deixou tão amoroso, que depois de algum tempo propus uma brincadeira de esconde-esconde para variar, e fiz um sinal para Cecília. Corremos os dois para nos escondermos.

Nós nos retiramos para um grupo bem espesso de árvores e arbustos, botei minha mulherzinha de joelhos e, gritando "opa!", entrei nela num instante. Vieram todas gritando e rindo para o bosque, embora não tenham conseguido nos encontrar por um bom tempo. Agnes e Augusta, que haviam tomado uma direção oposta à das companheiras, chegaram de repente, justo quando eu chegava ao clímax. Imediatamente saí de dentro, e assim proporcionei-lhes uma visão completa da vara de cabeça vermelha, à vista da qual e das nádegas de marfim da prima brilhando ao sol, elas pararam, se viraram e correram de volta para as companheiras, gritando:

— Miss Jennings! Miss Bellew! Venham ver Sir Charles fazendo com a prima Cecília o que o cavalo fez com a égua!

Aí escutamos um sussurro e logo percebi, pelo rufo dos galhos, que as meninas estavam se pondo à espreita para ver tudo o que podiam.

A ideia de tão belas espectadoras num instante me levou mais uma vez ao ponto e com isso, continuamos, em grande estilo. Aqui e ali um rostinho ansioso surgia dentre as folhas e depois se recolhia com enorme agitação, o que fazia tal vibração passar por minhas veias, que acabei levando aquele segundo enlace a uma conclusão bem mais cedo do que tinha pensado.

Mal elas viram que eu estava me preparando de novo, fugiram apressadamente em diferentes direções, fingindo estar procurando por nós. Nesse meio tempo, mudamos de lugar e mais uma vez gritei "opa!".

Desta vez elas nos apanharam, fingindo — aquelas gatinhas maliciosas — que tinham nos procurado muito. Como agora era a vez de Miss Bellew se esconder, permanecemos no gramado enquanto ela ia para o bosque. Agora, pela primeira vez me passou pela cabeça que Mrs J e Phoebe haviam desaparecido, e eu também não enxergava Chloe em canto algum.

Assim, quando o "opa!" de Miss Bellew nos chamou ao bosque, em vez de procurar por ela, saí procurando as fugitivas e algum tempo depois, a certa distância do lugar onde a brincadeira estava acontecendo, tive a impressão de ver um pedacinho de seda azul entre as árvores e, amaciando meus passos na direção de uma espessa moita de aveleiras, me aproximei de mansinho e eis que, numa pequena mancha de grama cheia de musgo, num espaço mais aberto, vi a excelente Mrs J fazendo tribadismo com Phoebe. As duas estavam no auge do prazer, Phoebe mais do que a outra.

— *Aaah! Aaah!* ...minha garotinha tão meiga! — suspirava Mrs J. — É isso... *Ah!* Agora encontraste o lugar certo... aí em cima. *Oooh!* Que delícia... *ah! Oh! Urrr... Oh*, que bom! Continua a passar a língua por aí... *por aí...!*

E aí, dando uma boa palmada na enorme bunda branca que Phoebe lhe apresentava, continuava:

— Oh, que encanto celestial, que pele...! Que nádegas brancas tão gloriosas! Que deliciosa boquinha tens aí embaixo, deixa-me beijar a tua delicada bocetinha... deixa-me enfiar a minha língua lá dentro e saborear o teu gozo. *Aaah!* Esta é a felicidade! *Urrr... r...*

Aí Phoebe começou.

— Querida madame... o que estás fazendo? Que doideira, que engraçado... isso me enlouquece! *Ai...* minha nossa, não é que é *bão* mesmo? *Oooh...!*

Um jorro de gozo de Mrs J deteve sua boca, embora o movimento tenha se tornado ainda mais furioso. No final, Phoebe rolou na grama e as duas mulheres ficaram ali deitadas sem sentidos e sem movimento, apenas o ofegar dos seios. Eu me diverti muito e consegui me retirar sem ser descoberto.

Agora eu pensava em Chloe e, sentindo a falta da minha caixa de rapé que deixara lá dentro, fui buscá-la. A primeira coisa com que meus olhos depararam foi a garotinha tentando consolar a teimosa Miss Marshall, que estava deitada a seu lado, num sofá, com o rosto virado para a parede, enquanto a afável Chloe banhava sua pobre bundinha flagelada.

Silenciosamente, me aproximei, com o dedo nos lábios indiquei a Chloe que não me denunciasse e me sentei a mais ou menos um metro delas.

Como as saias de Miss Marshall estavam viradas acima da cintura, pude contemplar à vontade as simétricas proporções de suas formas de sílfide.

O fino contorno de sua rosa virgem e o botãozinho que ali havia... estava tudo à minha frente. Agora ela falava:

— Como és boa para mim, querida Chloe — disse, languidamente. — Começo a sentir menos dor, mas é muito estranho que eu, que nunca tinha sentido nada naquelas partes antes, agora sinto uma estranhíssima ardência entre as pernas... na fenda, como sabes.

— Bem aqui? — perguntou Chloe, rindo e enfiando seu dedo ali.

— É, bem aí, sim! *Aaah*, como é bom sentir o teu toque. Ai, que vergonha! — e cobriu o rosto com a mão.

EDWARD SELLON

Chloe retirou a mão.

— Eu não quis te ofender — disse.

— Ofender...? Não! Deixa-me sentir aquele dedinho querido de novo...

Eu me aproximei andando de quatro e rapidamente troquei o dedinho de Chloe pelo meu.

— *Oooh, querida menina...* — gemia ela. — *Aaai, como é booom...* mas estou morrendo de vergonha!

Então, quando toquei seu clitóris, um estremecimento perpassou todo seu corpo. Ela se atirou de costas, abriu bem as coxas e, com os olhos ainda fechados, murmurou:

— Vem, vem, garotinha adorada, no meu peito, no meu peito...

Num instante botei Chloe ali e, levantando as roupas dela, comecei a brincar com suas adoráveis nádegas. Depois, me ajoelhei por trás, e guiei minha vara dura direto para o hímen de Miss Marshall.

Na primeira vez, entrei só um pouquinho, mas com um uivo e um susto, a garota irlandesa abriu os olhos e começou dizendo:

— Puxa, querida Chloe, como tu me machucaste...!

Depois, ao me ver, empalideceu apavorada e lutou para se levantar.

— Oh, pelo amor de Deus, deixe-me levantar... minha nossa! Perdão! Perdão!

Essas palavras cheias de ardor acompanhavam cada enfiada minha, pois eu não gozava, mas deitei Chloe com todo o seu peso em cima da pequena Marshall até entrar bem dentro de seu corpo. Depois, é claro, rolei Chloe para o lado e me estendi por inteiro sobre

A EUPHROSYNE

o peito da garota e, apertando-a bem em meus braços, consumei a defloração.

Inicialmente aterrorizada, depois furiosa, ela terminou por abraçar seu violador e o cobriu de beijos. Tudo isso, que tanto demorei para contar, aconteceu num espaço de tempo incrivelmente curto, por isso não perceberam muito a minha ausência e reapareci entre minhas jovens amigas.

Mrs J e Phoebe agora se juntaram a nós com um ar muito inocente e, tendo eu intercedido por Miss Marshall, ela e Chloe foram chamadas e se juntaram à brincadeira. Eu realmente havia domado a enfurecida garota petulante, que de vez em quando me dava uma olhadela cheia de significados e indefinível ternura. Suas emoções foram despertadas, ela havia sentido o gostinho da árvore da sabedoria.

Como já eram oito da noite, a ceia foi servida com uma porção de delícias da estação e os melhores vinhos e licores. Depois tivemos uma dança e uma brincadeira de cabra-cega e minhas convidadas se prepararam para ir embora. Mrs J declarou (olhando para Phoebe) que jamais tinha se divertido tanto!

— Bom, quer dizer que vocês voltarão na próxima quinta-feira?! — perguntei.

— Ah, Sir Charles, ficarei encantada... voltaremos sim — disse Mrs J. — Mas... imagino que o senhor não queira mais ver Miss Marshall?

— Pelo contrário, ela teve de fato a sua *amende honorable*[1] e agora somos muito bons amigos. Não é

---

[1] Em francês no original: "punição exemplar"; geralmente exe-

EDWARD SELLON

verdade, minha jovem? — acrescentei, virando-me para ela.

Um vermelho ardente invadiu seu rostinho pálido, mas ela conseguiu gaguejar:

— Ah, sim, madame, Sir Charles é muito generoso! Lamento ter me comportado como me comportei, mas se a senhora me deixar vir da próxima vez, prometo não ofender nunca mais, mesmo que sejam cinquenta cavalos e éguas em vez de só um par.

Com isso, beijei a todas e, conduzindo-as a minha carruagem, despedi-me com um boa-noite.

Adieu, querida amiga.

cutada em público. No contexto, entretanto, pode significar que a personagem reconheceu seus erros. [N. da E.]

78 | A LAÍS

LADY CECÍLIA se apaixonou, e ainda por cima por um verdadeiro Dafne, o belo irmãozinho da encantadora Phoebe. Ele veio aqui outro dia para ver a irmã e arrebatou prodigiosamente a fantasia de minha mulher. Como somos bastante filosóficos neste nosso paraíso terrestre para nos agitarmos com emoções absurdas como o ciúme, deixei Cecília fazer o que bem entendesse. Assim, ela contratou o belo rapaz, que tem apenas catorze anos e é a imagem de sua irmã, com o mesmo corpo, mas em vez de enfiá-lo na libré, vestiu-o *à la* Watteau, um estilo de roupa ao mesmo tempo simples e elegante.

Naturalmente, fez a irmã dar-lhe uma boa esfregada, pentear e vesti-lo com as roupas novas — e agora, com talco, perfume e bem vestido, ele parece pronto para uma princesa. Phoebe está felicíssima porque Jack ficará por aqui. Está muito claro que a pequena Chloe tem algum plano muito sinistro em relação à virtude do menino.

Cumprimentei Cecília por essa aquisição, com a esperança de que ela não tivesse nenhuma objeção a que eu visse o que ela ia fazer. Ela riu e respondeu:

— Ora, vê tu o que quiseres, querido Charles... Só que não deixarei o menino saber, pelo menos no início, pois ele é muito tímido e envergonhado.

Prometi me submeter a essa exigência.

EDWARD SELLON

Alguns dias depois, eu estava distraído nas margens do lago alimentando as carpas, quando Phoebe chegou correndo e, depois de sentar sem fôlego ao meu lado, me contou que Cecília e seu irmão estavam se divertindo na gruta, no bosque das faias, e se eu me apressasse poderia ver algo que me distrairia bastante. Assim, passei o braço em torno da cintura de Phoebe e a segui, fazendo a volta até o lado oposto à entrada. Espiamos através de uma fenda no muro de pedra e pudemos, os dois, ver e escutar tudo o que estava acontecendo.

Primeiro, observei Cecília sentada na margem musgosa do lago agarrando o garoto, cujas calças estavam abaixadas, entre suas coxas nuas. As mãos de Jack brincavam com os peitinhos dela que, depois de erguer sua fina camisa de cambraia, com a mão direita acariciava a coisinha muito dura do rapaz e com a esquerda afagava a bunda infantil, bela e macia dele.

— Oh, querido camaradinha… que belo corpo tens, a tua cintura é tão pequena, tuas nádegas são tão rechonchudas, redondas, com covinhas, a tua pele é tão macia… — dizia ela. — Tens um rosto adorável, o cabelo sedoso, luxuriante e belo, tens mãos e pés tão pequenos, que a natureza certamente queria que fosses uma garota, ela só te deu esse pintinho atrevido em vez de outra coisa, o que me deixa muito satisfeita, porque assim podes brincar comigo. Caro menino, gostas que eu ponha minha mão nele?

— Oh, sim, minha senhora… — exclamou o rapaz. — Gosto muito, sim, e adoro esses peitinhos… deixe-me beijá-los.

E agarrando os peitinhos dela, enterrou o rosto entre eles.

— Mas não olhaste para este outro lugar secreto... será que já viste as meninas?

— Ora, para falar a verdade, vi, sim, mas só as pequenas... Eu gostaria muito de ver a boceta de sua senhoria!

— Ai, nossa, menino mau, não uses palavras tão feias...! Olha, aqui está.

E ela abriu bem as pernas.

— Sente com a tua linda mãozinha. *Aaah, como é bom...!* Agora deita em cima de mim e te mostrarei o que é o amor!

Agarrando de novo as belas nádegas do menino, ela o atraiu para si e ele entrou facilmente.

— Agora, caro rapaz, mexe-te para cima e para baixo... assim, meu pequeno garanhão... estou vendo que és um bom aluno...

Depois, abrindo bem aqueles dois hemisférios brancos, ela inseriu seu dedinho delicado no orifício rosado que ele tinha atrás e entrelaçando suas pernas encantadoras em torno dele, os dois ficaram se mexendo e ofegando com deleite.

Essa visão era tão inebriante para Phoebe e para mim, que levantei suas saias e, ainda contemplando os jovens amantes ardentes, dei início à mesma brincadeira.

Bom, seja lá o que tenham dito os antigos sobre o assunto, devo confessar que jamais havia entendido qual poderia ser o ponto peculiar de atração em possuir belos rapazes, como eles indiscutivelmente faziam... Mas

EDWARD SELLON

quando vi aquela jovem bunda tão adorável se mexendo para cima e para baixo, e o dedo libertino de Cecília fodendo sem parar, fui tomado por uma estranha tontura e me senti invadido por uma lascívia, mais forte do que a lascívia pelas mulheres.

Mas não se pode ser perfeitamente feliz neste mundo por muito tempo seguido, de modo que bem no auge da titilação, gozei, lançando um jorro nas entranhas de Phoebe.

Cecília e seu Dafne também apagaram em sua felicidade, e nós batemos em retirada, para evitar sermos descobertos.

Como podes ver, minha querida Laís, eu, como um verdadeiro epicurista, jamais deixo escapar qualquer prazer a meu alcance…!

Penso que nos cabe viver enquanto podemos e dar ampla liberdade a esses deliciosos apetites sensuais que só podemos gozar por tempo tão curto…!

Na esperança de em breve ter a felicidade de te ver por aqui, sempre,

Teu devoto admirador

A THALIA

CREIO, querida menina, que te dei um relatório completo de tudo o que aconteceu por aqui nesses últimos três meses, por ocasião daquela deliciosa visita clandestina que me fizeste há mais ou menos uma semana. Continuarei a narrativa agora, que espero se mostre edificante para a minha querida garotinha.

Deves saber então, meu amor, que eu estava muitíssimo ansioso por conhecer melhor as jovens priminhas de minha mulher e como ela estava muito disposta a que eu fizesse o que desejasse com as meninas, enviei uma carta a Mrs J exigindo que viessem passar alguns dias conosco. Conforme o combinado, elas chegaram na manhã seguinte. Eu disse a Cecília:

— Agora, Cecília, quero que nos deixes inteiramente a sós... sai, vai fazer umas visitas pela vizinhança...

A isto minha querida mulherzinha consentiu no mesmo instante; peguei então as minhas priminhas pelas mãos e sugeri que fôssemos apanhar nozes (conheces a bela nogueira que tenho aqui). As criaturinhas adoraram e saíram correndo muito alegres. Chegaram ao bosque e começaram a subir nas árvores em busca das nozes, mostrando-me suas pernas e bundinhas gordas sem a menor preocupação.

EDWARD SELLON

Assim que encheram bem uma cesta, propus que nos sentássemos debaixo de uma árvore com boa sombra para comermos as nozes.

— Agora, meus amorezinhos, enquanto vocês estiverem abrindo as suas nozes, tentarei diverti-las.

As lindas criaturas sentaram-se no chão, puxando as pernas para cima, formando um colo para conter suas nozes e, como Mrs J cuidara que suas anáguas fossem bem curtas, eu tinha uma visão completa de todos aqueles seus encantos juvenis. Coxas gorduchas e branquinhas, entre as quais se destacavam as fendinhas rosadas, uma visão deliciosa, suficiente para queimar as veias de um eremita.

Como não tenho nenhuma pretensão à santidade, fiquei fora de mim com o desejo, pronto para comê-las todinhas. Não obstante, consegui refrear minha impaciência com muito trabalho e comecei a andar para lá e para cá no mato.

— E agora, minhas queridas, vocês gostariam de saber de onde vêm os bebês?

— Ah! — exclamou a pequena Agnes. — Eu sei muito bem!

Depois, sussurrando misteriosamente em meu ouvido, disse:

— *Eles vêm do canteiro da salsa...*

— Que bobagem! — exclamou Augusta, que havia escutado o que ela dissera. — Isso é uma grande bobagem. Eu sei muito melhor: eles vêm da mãe, não é Sir Charles?

— Sim, minha querida — disse eu sentenciosamente. — É das mães, mas saberias me dizer... em

A THALIA

primeiro lugar como é que eles entraram na barriga da mãe, e, em segundo lugar, como é que eles saem...?

— Ora, não, Sir Charles... Não sei como é que eles entraram lá, e também não sei exatamente como é que eles saem para entrar nesse mundo. Umas meninas lá na nossa escola dizem que a barriga da mãe se abre e deixa eles saírem, mas pra falar a pura verdade, eu não sei bem como é.

— Querem que eu conte para vocês?

— Ah, por favor, sim, sim! Conte-nos tudo!

— Bom, então tenho de começar pelo começo — eu disse, rindo.

— É sim, sim...! — exclamaram as garotinhas em uníssono, quebrando as nozes e jogando as cascas muito perversamente num inofensivo pardal que saltitava por perto.

— Muito bem — disse eu. — No começo, o céu e a terra foram criados...

— Ah, puxa, nós sabemos tudo sobre isso aí, ora... Mas o que é que tem a ver com aquilo? — perguntou a atrevida Augusta.

Continuei, dogmático:

— No começo, o céu e a terra forma criados... todos os seres que se mexiam eram do sexo feminino e do sexo masculino. E agora vocês sabem me dizer por que eles foram feitos homem e mulher?

As minhas jovens pupilas pareceram intrigadas.

— Eles foram feitos homem e mulher para poderem se juntar, exatamente como vocês viram o garanhão e a égua se juntarem, e assim propagarem a seu espécie.

Não há nada de errado ou indelicado em fazer isso... não nos dizem "crescei e multiplicai-vos"?

— É claro, sempre nos dizem isso — gritaram as meninas ao mesmo tempo.

— Bom, então Miss Marshall estava errada quando quis que vocês fossem embora outro dia... porque vocês, queridas crianças, naquele momento estavam contemplando uma das obras da natureza. E agora vocês sabem que os menininhos não são iguais às menininhas?

— Ah, sim, nós sabemos muito bem.

— Então, querem que eu diga por que não são iguais?

— Sim, queremos!

— Bom, é porque aquela coisinha inocente no menino se torna uma coisa enorme no homem, e a natureza ordenou que ele sentisse um prazer muito especial em botar aquela parte dele dentro daquela pequena abertura da mulher... da qual estou vendo dois exemplares bem na minha frente.

As duas enrubesceram e puxaram os vestidos para baixo.

— Quando aquilo está ali dentro, o homem se mexe para cima e para baixo e fazendo isso também proporciona um grande prazer para a mulher... depois de algum tempo, ele solta dentro dela um jorro de um líquido leitoso, espesso, parecido com mingau... que é a semente. Quando a semente é recebida no ventre da mulher e fecunda os ovários ou óvulos, os ovinhos, que estão em suas trompas de Falópio — assim chamadas por causa de um médico muito sabido chamado Falópio, que estudava as mulheres — e um óvulo desce até o ventre e começa a crescer, e nove meses depois nasce uma criança.

— Ih, mas é muito engraçado e maravilhoso... — exclamaram as duas.

— Queridas meninas, não é engraçado, mas é maravilhoso.

As duas pareciam pensativas. Algum tempo depois, Augusta disse:

— E haveria algum mal em mostrar para nós como é essa coisa maravilhosa que faz os bebês?

— Pelo contrário, querida garotinha, aqui está ela! — e quando terminei de desabotoar as calças, lá saltou o meu pau, duro como uma cenoura.

— Oh, que graça! Que coisa mais engraçada! — foi a exclamação que deixaram escapar quando se aproximaram e começaram a manipular o meu pau.

— Este é o verdadeiro fazedor de bebês, minhas queridinhas, não é um lindo bonequinho? Podem brincar um pouquinho com ele e vocês logo verão como é a semente... lembrem: cada gotinha pode conter um bebê!

— Ah, essa coisa enorme e engraçada de cabeça vermelha — exclamaram as garotinhas, esfregando e puxando. — E para que são essas duas bolas, Sir Charles?

— É nelas que está a semente, que é formada lá dentro e depois desce por essas bolas até chegar dentro da mulher.

— Então, quando dizem que as pessoas estão apaixonadas, quer dizer que elas querem juntar essas partes?

EDWARD SELLON

— Exatamente, é por isso que as pessoas se casam.

— Mas… — argumentou a pequena Agnes — Será que as mulheres realmente gostam que façam isto com elas?

— É claro que gostam, minha querida, se elas amam o homem com que casam.

— Mas por que elas gostam?

— Por que elas sentem um prazer muito estranho ao fazer isso.

— Puxa, que coisa mais esquisita! — exclamaram as duas.

— Não é nada esquisita — disse eu. — Deixa-me titilar um pouquinho naquela tua parte e logo saberás direitinho o que estou querendo dizer.

— É mesmo — disse Augusta. — Já sei, já sei, porque quando o senhor fez isso comigo quando nós estávamos brincando de caça-ao-chinelo eu achei muito bom!

Com esse reconhecimento, como elas não haviam parado de acariciar aquele grande pau duro, saiu um jato, cobrindo as mãozinhas com o fluido quente, ao que as duas gritaram com espanto e depois foram examinar atentamente.

— Cada gota dessa coisa estranha contém um bebê? — indagou Augusta.

— Cada gotinha — disse eu.

— Quem diria… que estranho, é muito estranho mesmo — continuou ela, muito interessada.

— Depois de contar para vocês tudo sobre essa parte do negócio, queridas crianças, devo prosseguir e contar para vocês que os prazeres do amor têm muitos aspectos

— disse eu. — Explicarei para vocês quais são alguns desses prazeres.

Em primeiro lugar, está o prazer que se tira da titilação com o dedo, como fazem as meninas na escola. Mas este, embora seja muitíssimo bom quando se começa, perde a graça depois de um ou dois anos, amortece a sensação da bocetinha e, o que é pior, fere a saúde. O rostinho animado empalidece, os olhos brilhantes afundam, a pele fica amarela e frouxa. Portanto, este não é o prazer que pretendo recomendar a vocês, queridas.

Em segundo lugar, há o tribadismo, que é o amor de uma garota por outra, que leva as duas a satisfazerem mutuamente os desejos uma da outra, beijando e chupando e lambendo aquela parte lasciva de seus corpos. Sem a menor dúvida, o prazer é grandioso, mas jamais encontrei uma garota que tenha me garantido que uma brincadeira tribádica a tenha satisfeito. É muito excitante, com certeza, mas depois de muito levar a sensibilidade nervosa à tensão mais alta, deixa a mulher ainda ardente de desejo — ansiosa, desejando algo que ela não sabe o que é, mas sempre insatisfeita. Como aquele pobre do Tântalo, que ficou para sempre mergulhado até o queixo na água, mas não podia beber. Por isso, não recomendo o tribadismo.

Em terceiro lugar está o tipo verdadeiro e certo do êxtase, quando duas criaturas de sexos opostos se encontram, beijam, acariciam, namoram e — se o momento, o lugar e a oportunidade aparecem — juntam aquelas partes lascivas de seus corpos. Acrescente-se a isto a

EDWARD SELLON

busca do prazer *en règle*, e são essas delícias do amor que apresentarei a vocês.

As garotinhas, que haviam prestado muita atenção, aconchegaram-se a mim, dizendo:

— Ah, como o senhor é um homem querido, Sir Charles... Eu gosto muito do senhor, que é tão bom!

Beijei as duas e, com as minhas duas mãos acariciando cada uma de suas delicadas belezas lá embaixo enquanto elas brincavam com o bonequinho de cabeça vermelha, continuei:

— Mas antes de apresentar vocês duas ao seu futuro jovem amante, preciso dizer umas palavras sobre os estímulos. Vejam só, se por um lado não gosto muito dessa coisa de enfiar o dedo, tribadismo, chupar e lamber e esse tipo de coisas sendo o único meio de satisfazer a luxúria natural, acho que esses atos devem ser praticados para se conseguir uma conclusão natural numa boa foda.

— Assim, nenhum desses atos fará o menor mal a vocês, porque o efeito da foda é tranquilizar os nervos e produzir uma deliciosa sensação de calma e serenidade. Bom, e agora que já concluí meu sermão, vou procurar sem demora o nosso jovem Jack, que tenho certeza deve estar fazendo alguma travessura, roubando os meus pêssegos, brigando vigorosamente com os galos no quintal, atiçando os cães contra os gatos da velha Jukes ou implicando com a Chloe. Mas deixem, que vou trazê-lo cativo a seus pés.

Encontrei o nosso jovem Dafne na cabaninha. Vou primeiro descrevê-lo para vocês, pois não o viram quando estava aqui.

Vocês devem imaginá-lo como uma linda garota, mas com atributos masculinos e não femininos, com uma pele muito lisa como o alabastro e um refinado rosto que é uma perfeita oval. Imaginem uma garota de catorze anos, com olhos de derreter, cílios negros, sobrancelhas marcadas a lápis, nariz arrebitado, uma boquinha de coral, dentes como pérolas e covinhas no rosto, pintadas com um rubor no tom mais suave do rosa.

Imaginem uma fartura de cabelos encaracolados de um castanho claro, empoada e amarrada com uma fita cor de cereja, um peito bastante estreito, cintura fina, e quadris e acessórios voluptuosos, num quadro encantador, cheio de graça e elegância, vestido *à la Watteau*.

Encontrei o moleque deitado embaixo de uma cerejeira, na qual Chloe havia trepado, comendo preguiçosamente a fruta que ela de vez em quando atirava para ele, que aqui e ali erguia os olhos para olhar languidamente aquele outro fruto que o vestidinho curto da menina deixava tão conspícuo.

Enquanto eu o conduzia até o bosque das nogueiras, as duas meigas criancinhas correram a nosso encontro, depois fizeram um ar tímido, deram de ombros e enrubesceram. O menino não fez o mesmo, foi até elas com alguma conversa galante — que não vale a pena repetir aqui — e logo estavam em grandes traquinagens no gramado, para meu deleite. Depois de algum tempo nessas preliminares, ele começou a tomar todo tipo de liberdades.

Elas retaliaram e, um quarto de hora depois a intimidade estava tão maior, que as meninas haviam tirado

EDWARD SELLON

as calças dele e levantado sua camisa acima da cintura. Augusta, então, deitando-se sobre a raiz de uma árvore, levantou as pernas, ele caiu sobre dela e aí... ele foi se saindo muito bem, com a pequena Agnes por trás, mexendo nas suas bolas e Augusta abraçando e beijando-o com todas as suas forças.

O panorama era muitíssimo sensual. A bundinha de menina dele subindo e descendo, suas bochechas tremendo, o pauzinho muito duro entrando e saindo. As coxas gordinhas dela, de um branco luminoso contra o verde da grama, e sua bocetinha encantadora e sem pelos. Acrescente-se a isso as variadas belezas que sua irmã também apresentava e creio que admitirás que não se poderia conceber quadro mais adorável... eu mesmo daria uns cinquenta guinéus para ter Watteau aqui para pintar aquela cena.

Nesse momento encantado, quando vi Phoebe atravessando um matagal por ali, chamei-a e, deixando-a de quatro, a envolvi na ação desta *fête champètre*. Ela se retorcia e gemia, eu enfiava, as crianças gritavam e riam. Certamente jamais houve cena tão alegre e lasciva. Entretanto, como tudo, até mesmo as coisas mais deleitáveis, chega a um fim, e Phoebe havia sido muito hábil me manipulando por alguns minutos, entre os "ahs", "ohs" e "oh-meu-amor", suspiros e gemidos de delirante enlevo, ela desfaleceu em êxtase. As pequenas não demoraram muito depois de nós. E Augusta rangeu bastante os dentes de tanto gozar...

A HELEN

Quanto tempo faz, amada Helen, desde que vi o teu corpo de sílfide animando estas sombras... Essas mesmas árvores parecem definhar na tua ausência. Não podes vir até aqui e passar uns dias conosco? Quando penso naquele sujeito austero, de coração frio, com quem te casaram, me sinto oprimido com uma tristeza que nenhum deleite consegue dissipar. Vem, minha amável Helen, e me alegra com a vista dos teus encantos mais uma vez.

Tu me pedes notícias dos nossos feitos por aqui. Embora sempre tenha alguma nova aventura para contar, eu o faria com prazer maior se pudesse te apresentar este paraíso.

Cecília e eu diversificamos os nossos divertimentos. Para isto, ela tem o melhor *chevalier servant* desse mundo e eu, duas garotinhas a meu inteiro dispor.

Eu gostaria que pudesses ver Phoebe e Chloe, pois dificilmente encontrarás criaturas mais adoráveis em qualquer lugar.

Depois, temos Augusta e Agnes, as duas priminhas da minha mulher, que às vezes vêm da escola e a quem iniciei em todos os mistérios de Vênus.

Ontem tivemos uma festa no jardim, servida por Mrs J e três das suas pupilas, as pequenas Bellew, Marshall e Jennings, além das primas.

EDWARD SELLON

As brincadeiras consistiram em balanço, cabra-cega, caça-ao-chinelo e terminaram com um banho no lago e ceia no gramado.

O meu novo balanço foi saudado com aclamações das jovenzinhas que, junto a Chloe e Phoebe, sem esquecer Lady Cecília, rapidamente sentaram-se nele. Preencheram todos os assentos, o que deixou Mrs J aliviada, a coitada, pois não tinham nenhum desejo, segundo ela mesma disse, de exibir-se em sua idade. Mas, *entre nous*, ela está um pouco *passé* e, além disso, tem uma tremenda mancha escura em certo canto da pele que só a visão de coisa tão sinistra teria estragado o panorama geral. Quanto ao nosso pequeno Dafne (é o *nom d'amour* dele que, como sabes, tem o vulgar epíteto de "Jack"), andou em arrebatamentos e percorreu a linha da beleza para ver tudo o que podia. Depois — oh, que graça! — as risadas, os gritinhos, as coquetes tentativas de impedi-lo de ver seus encantos, e as piadas picantes e gracejos trocados faziam uma cena que exige descrição. Assim que o balanço começou a se movimentar e subir bem alto no ar, a diversão aumentou rápida e furiosamente e o que se via não era apenas excitante, mas muitíssimo singular. Quando me sentava embaixo e elas passavam balançando acima da minha cabeça, eu não conseguia ver nada a não ser bundas, coxas, pernas e lindos pezinhos, que passavam em sequência. De vez em quando, para sentar com maior firmeza, uma delas se mexia ou se retorcia, o que me mostrava algum novo encanto — um clitóris surgia de repente — e a cada movimento eu descobria novas belezas. Quando elas se cansaram dessa brincadeira, brincamos de cabra-cega — que, é claro, fui eu. As bocetinhas estavam bem turbulentas em sua brincadeira, me empurrando para lá e para cá à vontade; tomavam todo tipo de liberdades comigo. Assim que eu apanhava uma delas, me vingava, enfiando a mão por suas roupas sem cerimônia. Apalpando uma bocetinha protuberante, em que uma ligeira pelagem começava a brotar, no mesmo instante a reconhecia e gritava:

— Ah! Eu te conheço... é Miss Bellew!

— *Acertou! Acertou!* — gritavam as vozes alegres.

Tirando o lenço, eu a fazia pagar pedágio diante de todas. Nota que fomos muito além dos beijos... Levantei as anáguas da mocinha, empurrei-a delicadamente até ficar de quatro, e tendo me preparado muito, penetrei-a num instante. As outras, com muitas observações alegres, se sentaram em círculo e observavam a proeza.

A coitada da Miss Bellew, como podes muito bem imaginar (embora de boa vontade com a coisa em si), teria preferido um local mais privado. Mas, vendo que não havia escapatória, submeteu-se de bom grado. Ela não precisava se atormentar, porque suas companheiras, estimuladas pelo que viam, logo estavam tão ocupadas que pouca atenção prestavam a nós. Cecília levou Dafne a uma pequena gruta consagrada ao deus Príapo. Phoebe e Mrs J desapareceram por uma alameda afora. Augusta e Chloe se transformaram naquela momento em pequenas lésbicas. As outras fodiam para todos os lados.

Com toda certeza, a ilha de Capri nos dias de Tibério não deve ter mostrado cenas mais voluptuosas

EDWARD SELLON

do que as que assombravam até os pássaros nas árvores de sua propriedade.

Mas, ora! ...este é apenas um Eliseu terrestre e logo descobrimos que não éramos nem deuses nem deusas. Meia hora satisfazia todos os nossos desejos por aquela competição e logo estavam todas sentadas para um jogo de caça-ao-chinelo, que aconteceu com as brincadeiras de sempre, muita foda e muita apalpação, nas quais permiti que Dafne participasse. E o jovem trocista nos levou à gargalhadas insistindo que, como não conseguia encontrar o chinelinho, estava certo de que Mrs J o enfiara em sua boceta e, apesar de todos os protestos dela, fez questão de apalpar por si mesmo, do que sem a menor dúvida aquela astuciosa senhora muito lasciva gostou muitíssimo. Deves saber, meu amor, que Mrs J ainda é uma bela mulher. Dez ou doze anos atrás, ela muitas vezes me teve ofegante sobre seu peito. Bom! Aqueles dias se foram e hoje preciso de material mais jovem para me dar uma endurecida...!

Depois veio a ruidosa brincadeira de esconde--esconde — mas, de longe, a cena mais *recherché* de todas foi o banho. Conheces aquele adorável lago, minha Helen, pois foi em suas águas cristalinas que primeiro gozamos juntos os prazeres do amor!

Em poucos minutos estávamos todos despidos e jogando água uns nos outros, nadando, beijando, titilando, fodendo. Ah, sim, ó deuses, que cena! Uma perfeita entrega como essa acredito jamais ter sido vista, nem mesmo nos festivais dionisíacos da Grécia antiga. Mas faltava uma coisa para nos enlouquecer como os sátiros e as bacantes daqueles tempos. E essa coisa decidi arranjar: vinho. Mandei Phoebe e Dafne buscarem uma dúzia de Borgonha. A taça circulou, todos nos embriagamos. Fizemos prodígios em matéria de luxúria: chupamos, lambemos e fizemos tudo o que a mais caprichosa imaginação pode conceber. E assim quando, depois de muito tempo, saímos do lago, no qual algumas das meninas estiveram perto de se afogar, ninguém do bando conseguia se vestir — menos Cecília, Mrs J e eu. Convocamos a ajuda da velha Jukes e primeiro pusemos Phoebe, Chloe e Dafne na cama. Depois, juntamos as roupas e apanhamos as outras mocinhas da melhor maneira que conseguimos, as levamos para o sofá e as mandamos de volta para casa às sete daquela noite de verão, tão completamente bêbadas quanto sempre esteve uma certa senhora do prazer em Covent Garden.

Cecília e eu fizemos uma refeição leve, fomos para a cama e logo estávamos nos braços de Morfeu.

A LÍVIA

97

Descubro, por minha excelente amiga, Mrs J, que ela te fez um relato detalhado dos nossos últimos feitos por aqui, quando emulamos os antigos com as nossas orgias bacanais. Devo te confessar que o encerramento daquela cena absolutamente não esteve a meu gosto, todos nós sofremos mais ou menos no dia seguinte pelos excessos. Por isso decidi não continuar com esses exageros...

Ontem, que foi o início das férias na casa de Mrs J, propus convidar todas as vinte e seis mocinhas da escola. Contudo, para não ferir os interesses da boa senhora, prometi que quaisquer brincadeirinhas amorosas que viessem a acontecer seriam às escondidas e aparentemente acidentais.

E que, se alguma das inocentes visse algo que pudesse entrar em choque com suas noções do que seja próprio ou impróprio, deveria ser arranjado para que ela jamais pensasse que havia sido uma afronta premeditada.

Para isto, mandei entrelaçar as estátuas de Príapo com louro e hera até mais ou menos a metade. Tranquei todas as fotografias e livros maliciosos e, como não havia intenção de chegar a nenhum extremo de volúpia enquanto as jovenzinhas estivessem conosco, introduzi nesta ocasião uma excelente banda de músicos, que foram postos em uma tenda armada em local de onde não podiam observar muito do que estivesse acontecendo. Dos jardins de Ranelagh, mandei chamar Jackson, o sujeito dos fogos de artifício, ao custo de vinte libras. Durante a manhã ele ficou muito ocupado pendurando lamparinas dos dois lados de cada vale verdejante — e ele demonstrou possuir um gosto excepcional! A temperatura continuava deliciosa, clara e quente, e prometia permanecer muito boa. Nesse meio tempo, foi preparada uma refeição suntuosa. O balanço novo e o velho foram espanados e arrumados, as fontes foram preparadas e quando as mocinhas chegaram às três da tarde, estava tudo pronto. Lady Cecília estava encantadora em um corpete de cetim branco e saia-balão de seda cor-de-rosa. Seu cabelo estava delicadamente empoado e Renaud, aquele príncipe dos cabeleireiros, havia posto coquetemente uma rosa verdadeira em um lado de sua cabeça, o que teve um belíssimo efeito. De minha parte, vesti a minha casaca cinzenta, um colete *pompadour*, culote e meias de seda cinza, e o meu melhor par de fivelas de diamante nos sapatos. Em honra das minhas visitantes, também enverguei minha espada com punho de ouro e usei uma camisa com folhos de renda belga, uma bolsa e meu solitário.

À chegada da turma, primeiro discutimos as viandas arrumadas sobre a grama à sombra de um olmo de copa imensa. Prontamente imaginarás que vinte e seis meninas sentadas no gramado não se sentariam mui corretamente, e pude dar várias espiadelas furtivas a pernas, coxas e bocetinhas que jamais tinha visto antes. O melhor é que elas não tinham a menor consciência disso

EDWARD SELLON

tudo, nem as conhecedoras — as pequenas Marshall, Jennings, Bellew, Augusta e Agnes — se aventuraram a dar qualquer informação. Sentei-me então ali, comendo uma asa de galinha e vendo os encantos secretos de quatro ou cinco das mais lindas meninas desse mundo.

Terminado o repasto, começamos a caminhar pelo gramado e quando chegamos à estátua maior de Príapo, o deus do jardim, todas se detiveram. Enquanto o examinavam atentamente, me pediram para explicar tudo sobre a veneração a ele nos tempos antigos — o que fiz, para sua mais completa satisfação.

Uma garota alta e elegante, de catorze anos, Miss Medley, mostrou mais curiosidade do que as outras e demorou-se lá atrás, para ter uma visão particular da divindade. Não tive dúvidas, ela queria ver o que a hera escondia — por isso, fingi que havia esquecido a minha caixinha de rapé dentro de casa e, pedindo a Cecília para mostrar tudo às meninas, voltei discretamente e, rastejando no meio da folhagem atrás da estátua vi a hera ser retirada e Miss Medley, na ponta dos pés, tentando esfregar sua bocetinha contra o Príapo de mármore. Assim, mudei de posição, para que ela pudesse me ver da cintura até os joelhos, mas não meu rosto, que as folhas escondiam, puxei meu próprio príapo para fora, que manipulei até ficar tão grande quanto o do deus campestre. Ela demorou um pouco para ver, mas depois, quando viu (achando que era um dos músicos que estivesse de pé atrás de uma árvore para resolver uma necessidade), cobriu novamente a estátua e, colocando-se atrás dela ficou espiando tudo o que podia sem ser vista. É claro, sacudi bastante minha vara e a exibi da melhor maneira

A LÍVIA

que pude. Ela (sem saber que eu a vira) não apresentou nenhum alarme — nada, senão intensa curiosidade... mas vi sua mãozinha direita desaparecer debaixo da roupa de modo muito misterioso — e a partir daquele momento, eu soube que ela era minha. Com duas passadas estava a seu lado, com o dedo na boca pedindo silêncio. Ela pareceu petrificada de terror e vergonha, mas logo a tranquilizei:

— Minha querida menina, é isto que queres (e o coloquei em sua mão)... não o de mármore, que é só para olhar. Deixa-me te mostrar como se usa e prometo não contar para Mrs J nada do que vi.

— Oh, por favor, meu senhor, o senhor faria isso? Pense na minha honra, na minha virtude! Ai, minha nossa, o que será de mim?!

— Ora, é claro, não seria nada agradável para a tua mamãe saber o que fizeste... ficar olhando por tanto tempo para um homem nu, quando se passasses por aí mal o terias notado... Oh, que vergonha, mocinha...!

— Oh... mas... Sir Charles, o senhor não vai contar, não é?

— É claro que não, se consentires em meus desejos...

E agarrei seu traseirinho firme com uma mão e sua linda boceta radiante com a outra.

— Mas... Sir Charles, não vai doer muito?

— Bom, dói só um pouquinho no começo, mas o prazer logo afogará essa dor.

Ela ficou calada, mas senti sua mão tremer enquanto ela espremia o meu enorme caralho entre seus dedinhos brancos e delgados.

Foi o bastante, então, erguendo-a em meus braços, levei-a para um canto em que havia uma casa de ferramentas a que ninguém ia jamais, com a exceção dos jardineiros. Ali, botei um feixe de esteiras sobre um carrinho de mão virado, depositei a levíssima garota em cima e logo me dirigi ao hímen da garota.

Ela mordeu os lábios com a dor, mas não gritou, o que achei um bom presságio. E depois, dando umas palmadas carinhosas em suas coxas e segurando seus seios e suas nádegas, logo senti aquela deliciosa parte na qual eu estava abrindo caminho ficar toda molhadinha — a querida garota estava gozando! Em seguida, ela começou a falar em delírio:

— *Oh! Onde estou? Ah! Como é bom…! Aaaah… oh… que felicidade! Ah, oooh… urr… rr… rr!*

Rangendo os dentes, ela quase me tirou o fôlego, apertando-me entre seus braços e enlaçando as pernas em meus rins com uma força de tigresa que quase quebrou as minhas costas.

Essa menina, que tinha enormes olhos azuis e um ar corajoso muito confiante, evidentemente encontrara o que há muito procurava, apenas não sabia o quê: um bom pau duro! Tendo descoberto o pau, ela quis mantê-lo, e como o meu clímax havia chegado e eu desejava retirar o pau, ela não deixava de modo algum, mas me tocava com tanta lascívia e com tão bom resultado que (algo raro a esta altura de minha vida) tive uma segunda ereção dez minutos depois que a primeira se foi.

A LÍVIA

Agora ela se mostrava muito audaciosa e me pedia em sussurro que não gozasse tão depressa.

Consequentemente, nos demoramos meia hora naquele delicioso cantinho. Assim que a bela Miss Medley se recuperou um pouquinho, levantei-a, ofereci meu braço e assim fomos juntos em busca de suas companheiras.

— Bom... achaste que o real supera o *beau ideal*?

— Não é a mesma coisa, de modo algum — sussurrou ela, apertando meu braço.

— O que me atormenta é pensar que exatamente como te conquistei, vou te perder. Vais para casa amanhã, não é?

— Sim, é verdade... — respondeu ela.

Depois de hesitar um pouco, acrescentou:

— ...mas se realmente o desejas, essa necessidade não te impede de me ver, pois não vivo muito longe de Richmond e há incontáveis cantinhos onde poderíamos nos encontrar.

Fui pego de surpresa, mas em seguida a tomei em meus braços e a cobri de beijos, exclamando:

— Ora, meu anjo, isto é mais do que as minhas esperanças mais afetuosas poderiam ter sugerido...! Realmente queres dizer isso mesmo? Ou... vamos, reconhece que estás brincando comigo!

— Eu...? Nunca!

— Então é verdade, quer dizer que queres.

— *Ma foi*, quero! O senhor é um homem galante!

Tirei o chapéu e fiz para Miss Medley a maior reverência que já fiz para uma mocinha tão jovem.

Continuamos a nossa conversa e ela me deu o

endereço completo de onde eu deveria encontrá-la, em que dias e a que horas. Quando terminou, estávamos no meio das outras convidadas.

— Ora, puxa vida...! — escutei uma dúzia de vozes dizendo em uníssono. — Onde estiveram todo esse tempo? Havíamos perdido vocês dois!

A coitada da Miss Medley enrubesceu, mas eu a acudi, dizendo rapidamente:

— Como vocês sabem, entrei para pegar a minha caixa de rapé e ao retornar, dei uma volta, passando pelo labirinto do jardim para ver se as lamparinas estavam penduradas como eu queria e encontrei Miss Medley, que tinha se perdido naqueles meandros, pedindo que lhe mostrasse a saída, o que depois de algum tempo consegui fazer... e aqui estamos nós!

A explicação satisfez a maioria, mas percebi que as meninas Marshall e Jennings trocaram um olhar significativo, que não tive nenhuma dificuldade de entender — mas, naturalmente, fingi que não havia notado.

Havíamos interrompido uma importante brincadeira de esconde-esconde, que agora continuava...

Era a vez de Miss Jennings se esconder e lá se foi ela para o bosque, mas quando passou por mim, conseguiu passar um bilhetinho amarrotado, escrito a lápis, para a minha mão. Assim que ouvimos o "opa!" corremos em todas as direções e, quando me vi a sós, aproveitei a oportunidade para ler o recado.

Era de uma concisão espartana: "Casa de ferramentas".

A LÍVIA

Portanto, lá fui eu para a casa de ferramentas o mais depressa possível, tomando cuidado para que nenhuma das que procuravam visse o caminho que eu tomava, o tempo inteiro pensando naquelas palavrinhas.

Se tivesse sido Miss Marshall, tudo estaria muito claro... mas o que saberia a pequena Jennings a respeito da casa de ferramentas?

No meio das minhas cogitações, me vi diante dela.

Com uma olhadela rápida para ter a certeza de que ninguém me seguira, saltei a soleira da porta, rapidamente passei o ferrolho atrás de mim e naquele mesmo instante fui abraçado pela amorosa garota.

— Oh, meu caro Sir Charles, é bondade sua... o senhor despertou as minhas paixões, sabe, e tendo-as despertado, vai me amar um pouquinho, não é?

— Minha queridinha! — exclamei, me ajoelhei a seus pés e deslizei minhas mãos sob suas roupas, agarrando suas coxas nuas. — Tens alguma dúvida?

— Bom, é verdade, caro Sir Charles, eu duvidei, porque o senhor é um grande libertino e ardoroso defensor do amor promíscuo; eu receava que não houvesse notado esta pobrezinha. E agora que a atrevida Miss Medley com seus enormes olhos azuis o seduziu... pois o senhor não está imaginando que me iludiu com a sua história de labirinto!

— Pois é...! — disse eu rindo.

— Ora, o senhor é um dissoluto, Sir Charles!

— Tu me lisonjeias — e com isso, fiz uma profunda reverência para ela.

— E eu ainda tenho de lutar contra os encantos de

Lady Cecília, de Phoebe, da pequena Chloe e... — disse a impetuosa garota, com os olhos negros faiscando.

— Para, para... alto lá! — exclamei. — Nesses recintos dedicados a Vênus e Príapo aquele monstro de olhos verdes chamado Ciúme jamais tem permissão para entrar. O meu amor se estende à beleza onde quer que ela se encontre. Como uma abelha, eu voo de flor em flor para extrair as doçuras de cada uma. Fica satisfeita, preciosa menina, com a tua parte, e não terás nenhum motivo para queixa, acredita no que te digo.

E assim imprimi um beijo entusiástico em seu rosto rosado.

— Ora, estamos desperdiçando preciosos momentos em palavras, *ma petite*. Vamos aos fatos, por favor.

E juntando a ação às palavras, fiz com que se ajoelhasse sobre as esteiras do jardineiro, que continuavam sobre o carrinho de mão como eu havia deixado e, levantando suas roupas, expus seus voluptuosos hemisférios brancos.

— Ai, nossa... que delícia! — exclamava a garota. — É assim que se faz? Eu pensava que o senhor ia se deitar sobre o meu peito!

— Há vários métodos, meu anjo! — disse eu, começando a penetrar no alvo. — Conforme formos nos conhecendo melhor, espero te ensinar as trinta e cinco posições.

— *Juste ciel!* — disse a linda criatura emocionada. — São tantas assim?

— Ah, sim, e cada uma mais deliciosa do que a outra! — retorqui.

Agarrei-a pelos quadris e comecei a meter a sério.

Ela se contorcia admiravelmente, apenas soltava um "ai!" baixinho de dor aqui e ali, abria as pernas e ajudava a minha entrada como podia, de modo que em dez minutos eu estava trepando facilmente, vencendo a corrida por um corpo.

Então, quando sentiu a cabeça inchada da minha arma cada vez mais dura nas profundezas mais interiores de sua bocetinha, a ardorosa menina expressou todo o seu prazer. Ela projetou seu enorme traseiro branco, passou a mão por baixo e apalpou as bolas do amor. Manipulou-me de mil maneiras, se mexia, se retorcia, suspirava e gemia. Sua respiração ficou ofegante, e murmurava:

— Oh, que doce felicidade! É o céu, o céu! — e gozou.

E meu movimento extasiado, por um golpe da sorte gozando ao mesmo tempo, caí para a frente, mergulhando naqueles globos brancos em um delírio de alegria.

O tempo que ficamos assim, só Vênus sabe... Mas o som de passos que se aproximavam nos despertou daquele nosso transe voluptuoso. Arrumando apressadamente minhas roupas, deslizei pela porta afora e me escondi entre os arbustos. Mal tinha eu me ocultado, quando um bando de menininhas apareceu, gritando o mais alto que podiam:

— *Miss Jennings! Miss Jennings!*

— Onde é que ela pode ter se escondido? — dizia uma.

— Estou com muito calor e cansada de procurá-la — disse outra.

EDWARD SELLON

— Não seria de espantar se ela estiver nessa casa de ferramentas... — disse mais uma. — Vamos ver!

E depois de empurrar a porta, elas a trouxeram para fora, parecendo meio confusa e vermelha como uma peônia.

— Ora, tenha a bondade, Miss Jennings... o que poderia ter te induzido a escolher um lugar como esse para te esconderes?

— É melhor dizer que vocês é que parecem uma bobas... foram enganadas por tanto tempo! — respondeu a adorável garota, recuperando sua presença de espírito.

— Bem, afinal te encontramos. Então vem fazer uma brincadeira de caça-ao-chinelo... Só teremos tempo para mais uma brincadeira antes dos fogos, está ficando tarde.

E rindo, as garotas a conduziram para fora.

Eu estava me preparando para segui-las, pois não queria deixar de participar de uma brincadeira de que elas tanto gostavam, quando de repente senti uma mãozinha na minha e ao me virar, dei com o sorridente rostinho cor-de-rosa da pequena Chloe.

— O quê? Estás aqui!? — disse eu, espantado. — Como é que isto aconteceu?

— Ah, não fique chateado, Excelência — disse ela. — Eu fui atrás do senhor e vi tudo o que aconteceu na casa de ferramentas por uma fresta na porta... mas não vou contar!

— Ah, *sua* bocetinha atrevida! — exclamei, acariciando seu rostinho. — E o que queres de mim agora?

— Ora, Sir Charles... isso o senhor tem de adivinhar, já sabe!

A LÍVIA

— Opa! — eu disse. — Posso ver muito bem, *sua coisinha engraçada*! Agora me diz, quer dizer que preferes me ter em vez de ter o jovem Dafne... Ele é tão jovem, tão bonito, tão perto da tua idade... e eu, tão velho, comparado contigo. Será possível?

— Ora, para falar a verdade, Sir Charles, eu tenho uma queda bem maior pelo senhor do que por ele, que é bonito demais... pela metade, parece muito uma garota. Além do mais, o senhor me ensinou tudo o que eu sei do amor. Primeiro, despertou em mim aquelas sensações, a sua mão foi a que primeiro acariciou aquela parte secreta que agora sempre estremece quando me aproximo do senhor. Ah, Sir Charles, mesmo sendo pequena, eu tenho todos os sentimentos de uma mulher!

— Bom, então, meu amorzinho, terás todo o prazer de uma mulher. Vem cá — levei-a para o bosque e deitando de costas, a fiz subir em cima de mim, dizendo:

— Estou muito cansado, meu amor. Por isso terás de fazer todo o trabalho.

— Ah, vou fazer sim, e com muito prazer, querido Sir Charles. Mas... *minha nossa*, não está duro, está bem mole! Vou consertar isso agora mesmo. Vou chupar e lamber e logo vai estar pronto!

E dizendo isto, ela se virou, apresentando sua encantadora bundinha e, quando pressionou a jovem boceta contra minha boca, minha língua deslizou na mesma hora. Tomando meu pau mole em sua boquinha rosada, ela titilou com tamanha habilidade, que em poucos minutos eu estava pronto para a ação.

Mais uma vez, invertendo a posição, ela montou em mim e aconteceu uma foda deliciosa.

Toda essa história não chegou a ocupar um quarto de hora e, encerrado este pequeno ato no drama, nos juntamos à folia.

Não te cansarei com uma recapitulação de toda a brincadeira da caça-ao-chinelo. Basta dizer que, sem nenhuma ofensa aparente contra o decoro, naquela noite consegui passar a mão em muita bocetinha virgem e muita coxa rechonchuda... como que acidentalmente.

A festa terminou com uma dança campestre em meio a toda uma bela iluminação e magnífica apresentação dos fogos de artifício. Foi servida a ceia e as minhas convidadas partiram mais ou menos à meia-noite, deliciadas com a visão daquilo tudo.

Quando se foram e Cecília e eu nos retiramos para a cama, e comparamos as notas de nossas diversas aventuras.

Ela aparentemente não ficou ociosa e, apegando-se a Dafne e a Miss Bellew, foram para a gruta, onde a foda e as chupadas e lambidas os ocuparam por uma hora. Divertiu-se muito com a inocência de Clara, uma menininha linda de nove anos, a quem ela havia mostrado os pôneis e, depois de excitar aquela coisinha com a vista e toques muito lascivos, finalmente foi chupada e lambida para mútua satisfação das duas.

Cecília deu gargalhadas à conquista do coração de Miss Medley e perguntou se eu tencionava ir a Richmond...

Imaginei que houvesse entusiasmo bem maior do que o normal em seus modos e, como eu sabia que ela não era dada aos ciúmes, não conseguia entender

A LÍVIA

muito bem. Escondendo a minha surpresa, respondi com indiferença:

— Ora, claro que sim, acho que devo ir... Aquela garota é uma grande Messalina e jamais me perdoaria se eu a desapontasse...

— Então, será que aqueles olhos azuis dela significam alguma coisa?

— Sim, realmente significam — retruquei. — Agora, quero te dizer que ela é uma garota excelente e fora do comum, além de ser muito madura.

Nada mais aconteceu e, depois de uma brincadeirinha muito lenta porque nós dois estávamos exaustos, adormecemos.

A THALIA

111

A SEGUNDA-FEIRA seguinte era o dia marcado para minha ida a Richmond. Fui à cavalo e por todo o caminho me lembrava de uma vaga inquietação que havia percebido em Cecília e que não sabia a que atribuir. Nos últimos dias ela andava numa agitação febril, mostrava-se ausente e distraída, dava respostas incoerentes ou não respondia — muito diferente do que de costume. O que significaria tudo isso? Eu me fazia esta pergunta repetidas vezes, mas depois de algum tempo cansei de especular, esporeei o animal e segui em frente no galope.

Chegado em Richmond, deixei meu cavalo na pousada Star and Garter e, perguntando o caminho até a residência paroquial (como um cego), fui seguindo muito devagar e logo cheguei ao bosque meticulosamente descrito por Miss Medley. Tomando uma determinada trilha, cheguei ao lugar secreto de nosso encontro amoroso.

Imagina a minha surpresa quando, em vez da minha adorável amiga, encontrei uma velha cigana sentada embaixo da árvore. Ao me ver, ela se levantou e depois de uma reverência, me entregou um bilhetinho dobrado em triângulo e perfumado. Abri sofregamente e li essas palavras: "Não fui muito cuidadosa com os meus lençóis, minha tia viu algumas manchas e agora não quer me deixar sair sozinha — estou desesperada".

A THALIA

Larguei meia coroa na mão da velha e me virei nos calcanhares. Ela me deteve:

— Sua Excelência vai embora assim, sem nenhum esforço? Pense bem, a jovem está completamente apaixonada pelo senhor... deixe essa questão comigo e arranjarei tudo.

— Bom, é o que dizes, boa mulher — disse eu. — Neste caso, pagarei muito bem. Por acaso sabes quem eu sou?

— É claro que sei, Excelência. Toda a nossa tribo conhece o senhor muito bem, Sir Charles... o senhor algum dia nos expulsou da sua terra, algum dia nos levou a polícia quando roubamos o seu galinheiro... e não mandou para o nosso acampamento cobertores e provisões para o inverno? Ah, nós conhecemos o senhor muito bem, é um nobre cavalheiro. Um pouquinho inclinado às meninas, mas e daí? Agora escute, Sir Charles, nós ciganos temos uma maneira misteriosa de descobrir as coisas... escute uma sugestão amistosa: não volte pelo mesmo caminho que veio, vá pela outra estrada, ou haverá sangue.

Dizendo isto e antes que eu pudesse detê-la, a cigana mergulhou no mato e desapareceu.

O caminho foi-se complicando e comecei a me sentir realmente inquieto — mas sabes que a covardia nunca foi um dos meus defeitos; além disso, eu tinha comigo a espada. Não *aquele* brinquedo assim chamado, mas uma arma simples, forte e útil que já havia me servido em muitos duelos. Portanto, voltei pelo mesmo caminho, sem levar em conta o aviso da cigana.

EDWARD SELLON

Cavalgando pela estradinha que atravessa o bosque às margens da minha propriedade, percebi uma carruagem com insígnias majestosas, parada como para se esconder na estrada e quase oculta entre as árvores. O cocheiro estava deitado na grama e os cavalos pastavam por ali.

Sem prestar maior atenção a essa equipagem, adentrei o bosque e depois de amarrar meu cavalo numa árvore, perambulei em diferentes direções. Depois de algum tempo, a menos de cinquenta metros de onde eu estava, em uma pequena clareira, enxerguei entre as árvores uma senhora e um cavalheiro em deleite amoroso. Furtivamente, fui me aproximando sem ser visto, ao abrigo de um matagal, de onde eu tinha uma completa visão de tudo o que acontecia, embora não pudesse escutar o que diziam.

Deitado na grama estava um belo homem alto, moreno, que reconheci no mesmo instante — era o primo de Lady Cecília, Lorde William B; deitada sobre o jovem estava a própria *lady*, as roupas puxadas para cima, mostrando toda a beleza de seu traseiro em que lorde B dava palmadinhas de brincadeira, enquanto ela se mexia para cima e para baixo sobre ele.

Estavam evidentemente encantados um com o outro e os beijos ardentes e os "ohs!" e "ais!" eram os únicos sons que chegavam até mim. Depois de algum tempo, mudaram de posição, ele se ajoelhou atrás dela e ela se retorcia e pulava no mais extasiado deleite.

Mais um pouco e veio o clímax. Ela se virou e, lançando os braços em torno do pescoço do amante, desabou com ele, os dois exaustos.

Numa era em que o espírito da intriga amorosa permeia a corte, não seria de esperar que uma pessoa virtuosa como Lady Cecília fosse rígida demais, especialmente porque lorde William B era um antigo amor seu.

Lembrando as minhas próprias infidelidades para com a minha senhora, eu jamais deveria me sentir ofendido com alguma a que ela pudesse ter se entregado, ainda que feita ao aberto, como eram as minhas. Mas esse encontro clandestino no momento em que ela pensava que eu passaria o dia fora me incomodou...

Eu estava ansioso para escutar a conversa, para saber o que significava tudo aquilo. Então, assim que eles terminaram seus primeiros deleites estavam sentados lado a lado na grama, rastejei entre os arbustos até me encontrar a cerca de um metro deles. Ali, imóvel como uma estátua, a mão na espada, fiquei escutando.

Lorde William dizia:

— Eu estava dizendo que esse sujeito deve ser uma besta completa, um bode velho, um sátiro, querida prima, que jamais deveria ter se casado contigo! As coisas que me contaste... e olha lá, não sou nenhum santo... realmente me deixaram de cabelo em pé! Intriga é uma coisa, que diabos, mas entregar-se a orgias com crianças... ora, ora...

— Ele talvez dissesse, se te ouvisse, que se divertir com criancinhas que não são propriedade de ninguém é uma coisa, mas entregar-se a orgias com a mulher de outro homem é coisa muito diferente! — exclamou Cecília às gargalhadas. — Que diabos, ora, ora...!

EDWARD SELLON

Lorde William riu, mas mordeu o lábio, aborrecido com a réplica.

— Resumindo, meu querido William, é muito mais fácil ver a maldade das ações dos outros do que das nossas — disse Cecília. — Ouso afirmar que se todos os homens que hoje vivem recebessem o devido castigo, poucos escapariam... deixemos os fanáticos maltratarem seus semelhantes, condenando-os indiscriminadamente ao inferno. A natureza humana, como sabes, é a mesma em todos os cantos, seja debaixo do hábito de um pároco ou do casaco vermelho de um soldado.

— Tens razão, minha pequena filósofa, mas não me disseste que tens aversão e detestas o teu marido? — disse rindo o primo.

— Ah, sem dúvida, sem dúvida! Sim, ele é detestável, é um velho patife debochado, repugnante, não discuto. Mas isso não é razão para que o insultes, logo *tu*, que acabaste de fazer dele um corno! Como sabes se ele não está mais perto do que pensamos e poderia de repente...

— ...*aparecer!* — exclamei com aspereza, saltando na clareira onde estavam os dois, espada na mão. — De pé, meu caro lorde, saca a espada e te defende. A intriga eu poderia ter perdoado, pois é o costume dos tempos em que vivemos, mas o insulto é demais e, da tua parte, Cecília, cruel demais. Chega de palavras. Em guarda!

Coloquei-me em posição de esgrima. Lorde William (que não era um adversário a desprezar, sendo um dos primeiros espadachins da época) ergueu a espada até a cabeça *en salute*. Depois, com elegância lançou-se na segunda posição e nossas lâminas se cruzaram com

A THALIA

um clamor que fez Lady Cecília soltar um gritinho e cair quase desmaiada no gramado.

O duelo demorou um tanto, éramos combatentes no mesmo nível. *Carte, tierce, volte, demi volte* — todo o requinte da esgrima foi em vão experimentado por cada um dos dois por algum tempo.

Mais adiante, dei-lhe uma estocada no braço da espada e a manga de sua camisa de cambraia ficou vermelha num instante. O ferimento só aumentou sua fúria; ele deixou a frieza de lado e não se cobriu muito bem. Ao dar uma estocada sob sua terceira guarda, eu certamente o teria despachado não fosse a traidora, Lady Cecília, ter atingido naquele instante meu braço com a bengala de lorde William, e nesse momento a espada atravessou meu corpo. Desabei como um morto, sem sentidos e sem movimento.

Quando os abri novamente, meus olhos pousaram em diversos objetos muito familiares: eu estava em meu quarto. Ao pé da cama estava sentada Phoebe, os olhos vermelhos de chorar. Tentei falar, mas ela pôs o dedo nos lábios e, aproximando-se, disse:

— Por favor, Sir Charles, não fale por enquanto.

— O que aconteceu? — perguntei.

— Agora não, agora não — sussurrou Phoebe. — O senhor saberá de tudo em outra hora. Esteve delirando e muito doente, e por três dias aquele bondoso cirurgião tão jovem, que quase não saía de seu lado, se desesperou com a sua vida. Se o senhor se mantiver tranquilo, meu querido Sir Charles, tudo ficará muito bem.

Phoebe levou uma bebida refrescante a meus lábios e, fechando a janela para diminuir a luz, afastou -se.

EDWARD SELLON

Eu estava fraco como um bebê, por causa da perda de sangue e, fechando meus olhos, logo estava inconsciente. Mais uma semana e me senti um pouco melhor, para grande alegria do pobre médico (para quem eu certamente havia mostrado muitos atos de generosidade, sem jamais esperar tal gratidão). Ele me disse que o pulmão direito havia sido perfurado e que a hemorragia inicialmente parecera tão grande, que havia se desesperado ao tentar estancá-la; e que os excelentes cuidados que eu recebera da velha Jukes, de Phoebe e de Chloe, revezando-se em turnos, além da minha constituição de ferro... todos esses aspectos combinados me salvaram. Não disse uma palavra de si e de sua destreza, e quando, cerca de um mês depois, já convalescente, presenteei-o com um cheque de cem guinéus, ele me olhou atônito, declarando que dez era o que merecia, mas não discuti e o mandei embora regozijante.

Agora me sentia bem o suficiente para escutar a história de Phoebe e a beijei ardorosamente, e também Chloe e até a velha Jukes, agradecendo os ternos cuidados que haviam dedicado a mim, depois fiz as duas primeiras sentarem-se a meus pés, enquanto Dafne ajeitava um travesseiro às minhas costas e me passava um copo de limonada.

— Tenho pouco para contar, Sir Charles — começou Phoebe —, mas tentarei ser o mais clara possível. Logo depois de sua partida para Richmond, Lady Cecília saiu sozinha a pé. Como não tínhamos ordem para ficar de olho na minha senhora, eu não permitiria que Jack o fizesse e não a vimos mais. Pelas cinco da tarde Jack estava passeando pelo bosque, fora dos muros, quando de repente ele chegou ao lugar em que, para horror dele, estava o senhor, ensopado de sangue.

— Havia sangue por toda a relva, que estava muito pisoteada. O senhor estava deitado de costas, pálido como a morte. Perto do senhor, ele apanhou um leque, uma fita e uma luva de senhora. Ao voltar à leiteria correndo, Jack na mesma hora nos contou o que havia acontecido, nos disse para trazermos o senhor calmamente e fazermos uma cama neste quarto, enquanto ele iria correndo chamar o médico.

— Meu caro rapaz — disse eu, estendendo-lhe a mão, — a tua presença de espírito e a tua decisão salvaram a minha vida. Eu agradeço, não esquecerei... Continua, Phoebe.

— Bom, fizemos exatamente o que ele nos pediu, e o médico veio... o senhor conhece o resto.

— E Lady Cecília? — perguntei.

— Ah, o Jack vai contar tudo sobre a senhora, pois assim que ele soube o que o médico tinha a dizer e viu o senhor em boas mãos, ele trouxe para o quintal o cavalo que o senhor havia deixado amarrado a uma árvore, pôs um par de pistolas carregadas no coldre, amarrou a sua espada curta na cintura e saiu à cavalo.

— Continua essa história, Dafne, por favor — eu disse.

O rapaz hesitou um instante e começou:

— O senhor vai entender logo, Sir Charles, que sendo rápido para apreender as coisas, ao ver o senhor caído ali, com a espada desembainhada ainda na sua mão, uma luva, uma fita, um leque e as marcas de pegadas estranhas, além de pegadas de sapatos do tipo em

EDWARD SELLON

geral usado pelo povo ou por assaltantes de estrada, rapidamente cheguei à conclusão de que a senhora havia encontrado um galanteador no bosque, que o senhor os surpreendera e que o duelo foi a consequência.

— Segui então as pegadas na relva molhada, que estavam nítidas devido às chuvas recentes, até bem perto da estrada. Aqui apareceram marcas de rodas: uma carruagem de quatro cavalos havia sido conduzida para fora da estrada, entrando no bosque, havia parado ali e depois, contornando o bosque, saiu de novo na estrada. Esporeando o seu cavalo, fui até a próxima cidade, onde tive notícias dos fugitivos: umas três léguas adiante eles haviam trocado de cavalos e duas léguas depois, jantaram. A esta altura, já estava bastante escuro, mas eu ainda galopava. No entanto, logo os perdi. Estando o cavalo e eu exaustos, parei na taberna mais próxima e me retirei para um descanso. Na manhã seguinte, fiz a maior parte do caminho para Hastings. Ali eu soube que uma senhora e um senhor correspondendo à minha descrição haviam embarcado num veleiro para a França cinco horas antes.

Agradeci a Dafne por seu zelo, mas expliquei-lhe que tivera muito trabalho por um problema desnecessário.

Concluirei esta longa história contando, o que mais tarde me foi narrado, que Lorde William havia brigado com um francês em uma mesa de jogo pública, seguiram-se golpes que resultaram num duelo e o francês deixou o lorde morto ali mesmo.

E Lady Cecília, de coração partido pela perda de seu primo e amante, entrou para um convento de freiras beneditinas e tomou o véu negro há pouco tempo.

...Mas já está na hora de encerrar esta carta imensa, portanto, *adieu!*

CONCLUSÃO — A THALIA

TU ME PERGUNTAS, amiga querida, aonde andei me escondendo nesses últimos quinze anos. Puxa...! Estamos os dois esse tanto mais velhos, desde nossa última correspondência. Entretanto, estava para te escrever uma carta depois que Jack Bellsize me contou que acabaste de chegar da Índia com teu marido, o general.

Certamente recebeste a minha comunicação da questão de Lorde William B, como dizes, e escreveste uma longa carta a respeito, que nunca recebi.

Depois desses eventos infelizes, tomei desgosto pela minha casa em Tickenham, que vendi por um bom preço a Sir Bulkeley H, e me retirei, com Phoebe, Chloe, Dafne e a velha Jukes, para minha propriedade em Herefordshire, onde resido desde então.

Quanto a Miss Medley, ao ouvir da cigana minha intenção de partir, fugiu certa noite da casa de sua tia e juntou-se a nós. Permaneceu comigo por uns cinco anos, mas quando surgiu uma oportunidade de fazer um bom casamento com um jovem fazendeiro, eu a convenci a aceitá-lo e dei ao casal algum gado para a fazenda.

Presenteei Mrs J com a casa em que ela vivia, despedindo-me afetuosamente daquela excelente senhora. Providenciei uma boa vida para Augusta e Agnes,

CONCLUSÃO — A THALIA

e também encontrei maridos para Miss Marshall e Miss Jennings, dando um dote a cada uma.

A coitada da velha Jukes morreu há cinco anos, no dia de São Miguel Arcanjo. Consegui para Dafne começar a vida um cargo de porta-insígnias num regimento de infantaria quando ele estava pelos dezoito anos. O pobre rapaz caiu gloriosamente quando levava seus homens na triste esperança de atacar algum lugar nos Países Baixos (não a Bocetolândia) — tais são os azares da guerra. Jamais houve mais galante jovem em campanha pelos campos de Vênus ou Marte.

Phoebe, agora uma senhora muito sacudida de trinta e cinco anos, mantém a mesma aparência, muito do frescor da juventude e o meigo temperamento afetuoso de sempre.

Chloe cresceu e se transformou numa criatura encantadora, está agora em seus vinte e oito anos.

Tendo "vivido cada dia da minha vida", como se diz, logo imaginarás que já não posso realizar os feitos de Vênus a que outrora eu me entregava, mas duas ou três menininhas em flor que passam por irmãs e primas de Phoebe e Chloe me divertem com suas brincadeiras e, quando fazem cambalhotas por aí mostrando suas belezas, às vezes estimulam meu sangue preguiçoso.

De vez em quando sou capaz de lembrar a Phoebe e a Chloe de meu antigo vigor e faço uma farrinha com elas, mas... "a partir dos cinquenta e quatro, uma vez por semana e não mais!"

Cada uma das duas tem um amante jovem e robusto e, a meu ver, longe de afastá-las, isto apenas as torna mais amistosas e complacentes com meus desejos.

Por meus vizinhos, essas queridas garotas e velhas amigas são consideradas apenas minhas serviçais preferidas; uma velha discreta, a cozinheira que tomou o lugar da velha Jukes, empresta decência a meu lar. Assim, já não sou mais um libertino.

O pároco é um bom amigo meu.

Meu fiel cirurgião vive na minha casa e continua solteiro.

Portanto, com a ajuda extraordinária de dois cavalheiros das vizinhanças, temos a nossa taça de ponche e um joguinho de vez em quando.

Esta vida sossegada me serve admiravelmente, eu me despedi para sempre do mundo da folia e dos prazeres da cidade. Passo boa parte do meu tempo lendo os autores filosóficos que agora estão causando impressão na mente do público.

E agora, querida amiga, depois de te dar todas as notícias, com prazer expresso a esperança de que algum dia encontres o caminho para esta região tão distante... mas se o destino decretar de outra maneira, aceita o meu adeus. *Vale! Vale! Longum Vale!*

COLEÇÃO DE BOLSO HEDRA

1. *Iracema*, Alencar
2. *Don Juan*, Molière
3. *Contos indianos*, Mallarmé
4. *Auto da barca do Inferno*, Gil Vicente
5. *Poemas completos de Alberto Caeiro*, Pessoa
6. *Triunfos*, Petrarca
7. *A cidade e as serras*, Eça
8. *O retrato de Dorian Gray*, Wilde
9. *A história trágica do Doutor Fausto*, Marlowe
10. *Os sofrimentos do jovem Werther*, Goethe
11. *Dos novos sistemas na arte*, Maliévitch
12. *Mensagem*, Pessoa
13. *Metamorfoses*, Ovídio
14. *Micromegas e outros contos*, Voltaire
15. *O sobrinho de Rameau*, Diderot
16. *Carta sobre a tolerância*, Locke
17. *Discursos ímpios*, Sade
18. *O príncipe*, Maquiavel
19. *Dao De Jing*, Laozi
20. *O fim do ciúme e outros contos*, Proust
21. *Pequenos poemas em prosa*, Baudelaire
22. *Fé e saber*, Hegel
23. *Joana d'Arc*, Michelet
24. *Livro dos mandamentos: 248 preceitos positivos*, Maimônides
25. *O indivíduo, a sociedade e o Estado, e outros ensaios*, Emma Goldman
26. *Eu acuso!*, Zola — *O processo do capitão Dreyfus*, Rui Barbosa
27. *Apologia de Galileu*, Campanella
28. *Sobre verdade e mentira*, Nietzsche
29. *O princípio anarquista e outros ensaios*, Kropotkin
30. *Os sovietes traídos pelos bolcheviques*, Rocker
31. *Poemas*, Byron
32. *Sonetos*, Shakespeare
33. *A vida é sonho*, Calderón
34. *Escritos revolucionários*, Malatesta
35. *Sagas*, Strindberg
36. *O mundo ou tratado da luz*, Descartes
37. *O Ateneu*, Raul Pompeia
38. *Fábula de Polifemo e Galateia e outros poemas*, Góngora
39. *A vênus das peles*, Sacher-Masoch
40. *Escritos sobre arte*, Baudelaire
41. *Cântico dos cânticos*, [Salomão]
42. *Americanismo e fordismo*, Gramsci
43. *O princípio do Estado e outros ensaios*, Bakunin
44. *O gato preto e outros contos*, Poe
45. *História da província Santa Cruz*, Gandavo
46. *Balada dos enforcados e outros poemas*, Villon
47. *Sátiras, fábulas, aforismos e profecias*, Da Vinci
48. *O cego e outros contos*, D.H. Lawrence

49. *Rashômon e outros contos*, Akutagawa
50. *História da anarquia (vol. 1)*, Max Nettlau
51. *Imitação de Cristo*, Tomás de Kempis
52. *O casamento do Céu e do Inferno*, Blake
53. *Cartas a favor da escravidão*, Alencar
54. *Utopia Brasil*, Darcy Ribeiro
55. *Flossie, a Vênus de quinze anos*, [Swinburne]
56. *Teleny, ou o reverso da medalha*, [Wilde et al.]
57. *A filosofia na era trágica dos gregos*, Nietzsche
58. *No coração das trevas*, Conrad
59. *Viagem sentimental*, Sterne
60. *Arcana Cælestia* e *Apocalipsis revelata*, Swedenborg
61. *Saga dos Volsungos*, Anônimo do séc. XIII
62. *Um anarquista e outros contos*, Conrad
63. *A monadologia e outros textos*, Leibniz
64. *Cultura estética e liberdade*, Schiller
65. *A pele do lobo e outras peças*, Artur Azevedo
66. *Poesia basca: das origens à Guerra Civil*
67. *Poesia catalã: das origens à Guerra Civil*
68. *Poesia espanhola: das origens à Guerra Civil*
69. *Poesia galega: das origens à Guerra Civil*
70. *O chamado de Cthulhu e outros contos*, H.P. Lovecraft
71. *O pequeno Zacarias, chamado Cinábrio*, E.T.A. Hoffmann
72. *Tratados da terra e gente do Brasil*, Fernão Cardim
73. *Entre camponeses*, Malatesta
74. *O Rabi de Bacherach*, Heine
75. *Bom Crioulo*, Adolfo Caminha
76. *Um gato indiscreto e outros contos*, Saki
77. *Viagem em volta do meu quarto*, Xavier de Maistre
78. *Hawthorne e seus musgos*, Melville
79. *A metamorfose*, Kafka
80. *Ode ao Vento Oeste e outros poemas*, Shelley
81. *Oração aos moços*, Rui Barbosa
82. *Feitiço de amor e outros contos*, Ludwig Tieck
83. *O corno de si próprio e outros contos*, Sade
84. *Investigação sobre o entendimento humano*, Hume
85. *Sobre os sonhos e outros diálogos*, Borges — Osvaldo Ferrari
86. *Sobre a filosofia e outros diálogos*, Borges — Osvaldo Ferrari
87. *Sobre a amizade e outros diálogos*, Borges — Osvaldo Ferrari
88. *A voz dos botequins e outros poemas*, Verlaine
89. *Gente de Hemsö*, Strindberg
90. *Senhorita Júlia e outras peças*, Strindberg
91. *Correspondência*, Goethe — Schiller
92. *Índice das coisas mais notáveis*, Vieira
93. *Tratado descritivo do Brasil em 1587*, Gabriel Soares de Sousa
94. *Poemas da cabana montanhesa*, Saigyō
95. *Autobiografia de uma pulga*, [Stanislas de Rhodes]
96. *A volta do parafuso*, Henry James
97. *Ode sobre a melancolia e outros poemas*, Keats
98. *Teatro de êxtase*, Pessoa

99. *Carmilla — A vampira de Karnstein*, Sheridan Le Fanu
100. *Pensamento político de Maquiavel*, Fichte
101. *Inferno*, Strindberg
102. *Contos clássicos de vampiro*, Byron, Stoker e outros
103. *O primeiro Hamlet*, Shakespeare
104. *Noites egípcias e outros contos*, Púchkin
105. *A carteira de meu tio*, Macedo
106. *O desertor*, Silva Alvarenga
107. *Jerusalém*, Blake
108. *As bacantes*, Eurípides
109. *Emília Galotti*, Lessing
110. *Contos húngaros*, Kosztolányi, Karinthy, Csáth e Krúdy
111. *A sombra de Innsmouth*, H.P. Lovecraft
112. *Viagem aos Estados Unidos*, Tocqueville
113. *Émile e Sophie ou os solitários*, Rousseau
114. *Manifesto comunista*, Marx e Engels
115. *A fábrica de robôs*, Karel Tchápek
116. *Sobre a filosofia e seu método — Parerga e paralipomena (v. II, t. I)*, Schopenhauer
117. *O novo Epicuro: as delícias do sexo*, Edward Sellon
118. *Revolução e liberdade: cartas de 1845 a 1875*, Bakunin
119. *Sobre a liberdade*, Mill
120. *A velha Izerguil e outros contos*, Górki
121. *Pequeno-burgueses*, Górki
122. *Um sussurro nas trevas*, H.P. Lovecraft
123. *Primeiro livro dos Amores*, Ovídio
124. *Educação e sociologia*, Durkheim
125. *Elixir do pajé — poemas de humor, sátira e escatologia*, Bernardo Guimarães
126. *A nostálgica e outros contos*, Papadiamántis
127. *Lisístrata*, Aristófanes
128. *A cruzada das crianças/ Vidas imaginárias*, Marcel Schwob
129. *O livro de Monelle*, Marcel Schwob
130. *A última folha e outros contos*, O. Henry
131. *Romanceiro cigano*, Lorca
132. *Sobre o riso e a loucura*, [Hipócrates]
133. *Hino a Afrodite e outros poemas*, Safo de Lesbos
134. *Anarquia pela educação*, Élisée Reclus
135. *Ernestine ou o nascimento do amor*, Stendhal
136. *A cor que caiu do espaço*, H.P. Lovecraft
137. *Odisseia*, Homero
138. *O estranho caso do Dr. Jekyll e Mr. Hyde*, Stevenson

Edição _ Bruno Costa

Coedição _ Iuri Pereira e Jorge Sallum

Capa e projeto gráfico _ Júlio Dui e Renan Costa Lima

Imagem de capa _ Detalhe de *Le Bain Turc*,
Jean-Auguste-Dominique
Ingres (1862)

Programação em LaTeX _ Marcelo Freitas

Revisão _ Bruno Costa

Assistência editorial _ Bruno Oliveira

Colofão _ Adverte-se aos curiosos que se
imprimiu esta obra em nossas
oficinas em 31 de outubro de
2011, em papel off-set 90 g/m²,
composta em tipologia
Minion Pro, em GNU/Linux
(Gentoo, Sabayon e Ubuntu),
com os softwares livres LaTeX,
DeTeX, VIM, Evince, Pdftk,
Aspell, SVN e TRAC.